译文名著精选

YIWEN CLASSICS

都柏林人

〔爱尔兰〕詹姆斯·乔伊斯 著　王逢振 译

James Joyce

Dubliners

上海译文出版社

图书在版编目(CIP)数据

都柏林人／（爱尔兰）乔伊斯(Joyce，J.)著；王逢振译.
—上海：上海译文出版社，2016.10（2025.3 重印）
（译文名著精选）
书名原文：Dubliners
ISBN 978-7-5327-7344-2

Ⅰ. ①都… Ⅱ. ①乔… ②王… Ⅲ. ①短篇小说—小
说集—爱尔兰—现代 Ⅳ. ①I562.45

中国版本图书馆 CIP 数据核字(2016)第 211045 号

James Joyce
DUBLINERS

都柏林人
〔爱尔兰〕詹姆斯·乔伊斯 著 王逢振 译

上海译文出版社有限公司出版、发行
网址：www. yiwen. com. cn
201101 上海市闵行区号景路159弄B座
上海景条印刷有限公司印刷

开本 890 × 1240 1/32 印张 7.75 插页 2 字数 126,000
2016 年 10 月第 1 版 2025 年3月第 12 次印刷
印数：32,001 — 36,000 册

ISBN 978-7-5327-7344-2
定价：32.00 元

目　录

前言

詹姆斯·乔伊斯（James Augustine Aloysius Joyce，1882—1941）是爱尔兰作家，现代主义文学大师，1882年2月2日生于都柏林郊区拉斯加尔，1941年1月13日在瑞士苏黎世逝世。

乔伊斯一生坎坷多舛。他生长在一个天主教家庭，父亲是收税官，起初家境相当舒适，但由于父亲热衷于政治，退休后又染上酒瘾，家境开始衰败，乔伊斯不得不一度辍学，后来进入一所免费的耶稣会走读学校。1898年，他进入都柏林大学学习，在那里他学习多种外语，以便阅读欧洲大陆国家的文学作品。1902年大学毕业后，他结识了爱尔兰文学复兴运动的核心人物巴·叶芝、格雷戈里夫人、乔治·莫尔、约·米·辛格等人，但他与他们的关系并不融洽，观点也不一致，后来甚至强烈地反对爱尔兰文学复兴运动，指责叶芝迎合低级趣味。此后他离开爱尔兰到巴黎，以教英文谋生。不久，他母亲病危，他又回到爱尔兰。其间他爱上了爱尔兰乡村姑娘娜拉·约瑟夫·巴纳克尔。1904年，他们在朋友的资助下私奔，去到巴黎，但一直到1931年才正式结婚。他们在欧洲大陆的生活十分艰辛，辗转于法国和瑞士，没有可靠的职业。1905年他们到意大利投奔在那里教书的弟弟，靠弟弟的帮助在那里安顿下来。但是，随着第一次世界大战的爆发，1915年乔伊斯一家又被迫离开意大利，迁往瑞士的苏黎世。由于生活的窘迫，乔伊斯经常醉饮，并且染上了湿热病，视力也日渐衰退，但他一直坚持写作。他一生写出了四部现代主义的经典著作：《都柏林人》、《一个青年艺术家的画像》，以及惊世骇俗的巨著《尤利西斯》和《为芬尼根守灵》。

一般说，大部分短篇小说集都是选收多种题材的故事，但《都柏林人》与众不同，从一开始它就被构想为一本有机的整体，其中的故事通过题材、风格、技巧和主题相互连接在一起。正如乔伊斯在 1906 年 5 月 5 日致格兰特 · 理查兹的信中所说："我的意图是一章写我国的道德历史，我选择了都柏林作为地点，因为这个城市处于麻木状态的核心。我试图从四个方面把它呈现给无动于衷的公众：童年，青年，成年，以及公共生活。故事按照这个顺序安排。大部分都采取审慎的平民词语的风格……"①

正是由于《都柏林人》的内容和特殊写法，《都柏林人》的经历十分坎坷，拖了好几年才得以出版。大约 1905 年，伦敦出版商格兰特 · 理查德先生接受了《都柏林人》，但他把书稿扣压一年之后又退给了乔伊斯。后来书稿交给了都柏林的出版商毛瑟尔先生，他与乔伊斯签订合同，约定 1910 年 9 月之前出版该书。但出版时间一拖再拖。后来毛瑟尔先生要求乔伊斯修改《委员会办公室里的常青节》中的一些段落。乔伊斯不情愿地进行了修改，然而仍然拖着没有出版。那时乔伊斯住在意大利，他专程到都柏林与出版商协商该书的出版事宜。1912 年，书稿的清样印了出来。

据他的朋友帕德雷克 · 考勒姆说，当时他和乔伊斯去见毛瑟尔的经理，经理说：小说里公共的房子用了私人房屋主人的名字。乔伊斯提出和经理一起去问房主人是否反对在书里用他们的名字，但经理拒绝了，并说《委员会办公室里的常青节》谈到国王爱德华七世时所用的词语冒犯了许多都柏林人，如果小说出版会引起他们的抗议行动——这是拖延出版的又一个原因。虽然乔伊斯提出作某些修改，但经理却要求他完全删除某些小说。最后竟宣称他们不会出版《都柏林人》。

考勒姆去找一个律师，也是乔伊斯大学时的朋友，问他是否可以使出版商照合同办事。律师说，在都柏林无法补救，乔伊斯也得不到任何

---

① 转引自 David Norris and Carl Flint，*Joyce for Beginners*（Cambridge：Icon Books，1994），p. 64。

赔偿。法官会认为《都柏林人》是一本不道德的、犯众怒的书，因而不会追究出版商的违约行为。于是乔伊斯给出版商写了一封信，提出他们可以以任何他们满意的形式出版该书，但他得到的回答是：他们已经拆了铅版，毁了已经印出的清样。乔伊斯别无选择，只好带着留下的唯一一本《都柏林人》的清样，离开了都柏林。

究竟为什么出版商拒绝出版这本已经签约出版的书呢？出版商为什么拆了铅版、毁掉清样？人们可以有各种猜测，例如乔伊斯可能有什么仇人暗中操纵；或者天主教的都柏林觉得书里描写的事件和刻画的人物触犯了他们，使他们愤怒，因而迫使出版商放弃这本书；或者出版商觉得这本书有损他们的名声，等等。无论如何，《都柏林人》最终未能在都柏林出版。大约两年以后，曾经接受尔后退稿的伦敦出版商格兰特·理查德先生才出版了这本书。

在《都柏林人》之前，乔伊斯出版了诗集《室内乐》，后来又先后出版了小说《一个青年艺术家的画像》、戏剧《流亡者》和划时代的小说《尤利西斯》。研究者发现，《都柏林人》和所有这些作品都存在着联系。《都柏林人》里的前三个故事显然出于个人的记忆，它们可能是从《一个青年艺术家的画像》初稿里剪取的事件；在《阿拉比》里，男孩走过灯光摇曳的街道，不时受到醉汉和讨价还价女人的干扰，觉得自己仿佛拿着圣餐杯安全地穿过一群敌人——这个男孩肯定就是小说《画像》里的斯蒂芬·第达勒斯。最后一个故事《死者》里的加布里埃尔·康洛伊，通过另一个男人对他妻子的影响提出问题，明显与《流亡者》里的主人公相似。如果把这四个故事从《都柏林人》里抽出来，那么剩下的其他故事就都与《尤利西斯》相关，后者塑造的许多人物都曾在《都柏林人》里出现，例如卡宁汉、郝勒汉、莱恩汉姆和奥曼登·勃克先生等。这种联系并不奇怪，因为按照乔伊斯的最初计划，布鲁姆的一天（《尤利西斯》的主题）也是《都柏林人》里的一篇故事。

年轻时的乔伊斯对都柏林人的两个独特的方面非常了解：一个方面

是他们爱去酒吧；另一个方面是关于他们的政治。另外他也了解一个不太典型的方面，即都柏林的音乐。乔伊斯的父亲在都柏林算是个著名的人物，他的社交活动使乔伊斯有机会接触各种各样的人。老乔伊斯先生在帕奈尔时期曾介入相关的改革；因此幼年的乔伊斯经常听到愤怒和哀伤的声音，因为帕奈尔去世了，许多追随者背离了他。乔伊斯九岁的时候，写了第一篇文章《还有你，希利！》，这是一篇政治谴责文章，矛头直指当时一个著名的政客，他背叛了帕奈尔。他父亲的一些老朋友认为，那篇文章是乔伊斯最好的文学作品，而对他后来的作品感到哀伤。

在《都柏林人》里，《委员会办公室里的常青节》是一篇非常典型的故事。一些人多少有些随意性地汇聚在一间凄凉的办公室里；他们的行为显得有点荒诞，其中一个应邀朗诵一首他几年前写的一首诗——《帕奈尔之死，1891 年 10 月 6 日》。诗有些业余，修辞也都是常见的，然而令人惊讶的是，透过这首旧诗却传递出真实的悲哀和真正的忠诚。诗念完之后，人们对作者作了几句评论，然后故事就结束了。读者可能觉得与他们完全无关，但同时也会觉得作者了解事件的所有含义，而且完全是为读者写的。他在写这首诗之前仿佛进入了海恩斯的心里。

> “你觉得这篇东西怎么样，克罗夫顿？”亨奇先生叫道。“难道不好吗？你说什么？”
>
> 克罗夫顿先生说这是一篇绝好的作品。

如果乔伊斯让克罗夫顿先生自己说这些赞美的话，那么他就冤枉了这位绅士善良的沉默。因为克罗夫顿先生曾为保守派拉选票，他必然觉得诗里有某种叛逆的色彩。然而他是个普通的人，在那种场合里他只会宽容。“克罗夫顿先生说这是一篇绝好的作品。”这句话使人感觉到他超然的态度。这种超然的情调可以说是《都柏林人》的一个重要特点。

在《都柏林人》的大部分小说里，乔伊斯都使读者通过他的目光来观察事件而不作任何评论。因此读者在这些故事里总感到一种疏离感，仿佛他要通过一系列的报道来说明都柏林的生活，就像一个注重科学性的历史学家描绘事件那样。

不过《死者》的写法不同。开头三篇（《姊妹们》、《一次遭遇》和《阿拉比》）根据记忆而写，也没有这种疏离感或冷漠。但大部分故事都有。其中有三篇以女人为主要人物，即《伊芙琳》、《泥土》和《母亲》。《母亲》的写法与其他关于男人的故事相似，也有冷漠的色彩。但《伊芙琳》和《泥土》里却充满了感情，乔伊斯对伊芙琳的命运非常同情，对《泥土》里玛利亚的性格也多有崇敬。两个女人都是思想单纯，恪守常规，待人诚恳。

《都柏林人》里的大部分人物都是孤独寂寞、互不相关的人。他们大多生活在狭小的空间里，但又以某种文雅的态度面对世界。有些人物的故事令人难忘，因为他们看到了黑暗的深处。

死亡是《都柏林人》最重要的一个主题。最后一篇故事是《死者》，但死者也出现在第一篇故事里，《姊妹们》里的男孩遇到了他的邻居老牧师的死亡：老人躺在那里，死了，对这个男孩而言变成了一个活的不可思议的人。《伊芙琳》里的伊芙琳不断忆起她死去的母亲。《泥土》里对玛利亚隐蔽的预兆其实就是她死亡的预兆。在《痛苦的事件》里，杜菲先生拒绝接受的一个女人死亡的消息，不断在脑海里浮现并使他孤独的生活更加寂寞。《委员会办公室里的常青节》通篇围绕着死去的帕奈尔展开。而在《死者》里，一个不知道是谁的男人，通过一首歌对死者的回忆，使一个丈夫意识到他妻子生活中有一部分他不能参与。实际上，在《都柏林人》里，最令人难忘的是那些被死亡感动的人的故事。因此最后一个故事结尾的那段话，带有一种安魂曲的音乐感：

几声轻轻拍打玻璃的声音使他转过身面向窗户。又开始下雪了。他睡意蒙眬地望着雪花，银白和灰暗的雪花在灯光的衬托下斜斜地飘落。时间已到他出发西行的时候。是的，报纸是对的：整个爱尔兰都在下雪。雪落在阴晦的中部平原的每一片土地上，落在没有树木的山丘上，轻轻地落在艾伦沼地上，再往西，轻轻地落进山农河面汹涌澎湃的黑浪之中。它也落在山丘上孤零零的教堂墓地的每一个角落，迈克尔·福瑞就埋葬在那里。它飘落下来，厚厚地堆积在歪斜的十字架和墓碑上，堆积在小门一根根栅栏的尖顶上，堆积在光秃秃的荆棘丛上。他听着雪花隐隐约约地飘落，慢慢地睡着了，雪花穿过宇宙轻轻地落下，就像他们的结局似的，落到所有生者和死者的身上。

总起来看，《都柏林人》可以说是由十五个故事组成的一个整体，它反映了都柏林不同层面的生活，在写作方法上具有以下几个突出的特点：第一，它集中使用某些词汇，例如“徒劳”、“无用”、“厌倦”、“绝望”等在多个故事里反复出现，其目的是使读者不知不觉地感受到每一个故事是普通人的道德构成。第二，以“混乱”表示瘫痪，每当人物不得不面对选择某种积极生活的关键时刻，他们就变得不知所措，像吓坏的兔子一样静止不动。第三，以单色调的散文风格象征都柏林单调乏味的生活，产生出黑白照片的效果，但并不是一种单纯怀旧的风格。第四，故事的情节都是琐事，人物是一种导致瘫痪的体制的受害者，而读者在阅读过程中会以微妙地改变了的目光观察细小的事件。第五，故意破坏读者通常期望的“开始、中间和结束”的顺序，但不是采取蒙太奇式的编织方式，而是依靠在读者记忆中挥之不去的转折点。

当然，与所有经典名著一样，《都柏林人》为读者提供了充分的解读空间。上面的一些看法只是一己之见，唯一的希望是它能起到抛砖引玉的作用。

这次《都柏林人》的出版得到译文出版社领导和冯涛编辑的大力

支持，在此谨向他们表示衷心的感谢。翻译永远难以达到至善至美，总有需要改进甚或疏误的地方，因此恳切希望读者提出宝贵的批评和建议。

王逢振

2010 年盛夏

姊妹们

这次他毫无希望了：这次已是第三次发作。夜复一夜，我经过这座房子（时值假期），琢磨亮着的方窗：夜复一夜，我发现它那么亮着，灯光微弱而均匀。若是他死了，我想，我会看到昏暗窗帘上的烛影，因为我知道，尸体的头部一定会放着两支蜡烛。他常常对我说，“我在这世上活不了多久”，而我觉得这话只不过是随便说说而已。现在我明白了这话是真的。每天夜里，我仰望那窗户时，总是轻声对自己说“瘫痪”一词。这词我听着总觉得奇怪，像是欧几里得几何学里的“磬折形”一词，又像是《教义问答手册》里“买卖圣职”一词。可是现在这词我听着却像是个邪恶的罪人的名字。这使我充满恐惧，然而又极想接近它，极想看看它致命的作用。

我下楼吃饭时，老柯特正坐在炉边抽烟。就在我姑妈给我舀麦片粥时，他仿佛接着自己前面的谈话似的说道：

“不，我不想说他完全是……但有些奇怪……他是有些不可思议。我来告诉你我的想法……”

他开始抽起烟斗，吐着烟雾，无疑是在心里整理他的想法。令人讨厌的老傻瓜！我们刚认识他时，他倒是相当有趣，常常说到劣质酒精和蛇管；可是很快我就讨厌他了，讨厌他那些没完没了的酒厂的故事。

“对这事我有自己的看法，”他说。“我想这是那些……怪病中的一种。……不过，很难说……”

他又开始喷烟吐雾，但并未告诉我们他的看法。我姑父见我瞪着眼，便对我说道：

“喂，你的老朋友终于走了，你听了一定会悲伤。”

“谁？”我问。

“神父弗林。”

“他死了？”

“柯特先生刚刚才告诉了我们。他正好路过那座房子。”

我知道他们在看着我，于是我继续吃饭，好像对这消息漠不关心。我姑父便向老柯特解释。

“这孩子和他是极好的朋友。你知道，那老头儿教了他许多东西；别人说他对这孩子抱有很大的期望。”

“上帝保佑他的灵魂吧，”我姑妈虔诚地说。

老柯特看了我一会儿。我觉得他那双又小又亮的黑眼睛在审视我，但我不想让他看出什么，便仍低着头吃饭，不抬眼睛。他又开始抽他的烟斗，最后粗鲁地往壁炉里吐了一口痰。

“我可不喜欢自己的孩子跟那样的人谈得太多，”他说。

“你这是怎么说的，柯特先生？”我姑妈问。

“我的意思是，”老柯特说，“那样对孩子不好。我的看法是：让年轻的孩子到处跑跑，与同年龄的年轻孩子们去玩，不要……我说得对不对，杰克？”

“那也是我的原则，”我的姑父说。“要让他学得健壮活泼。我经常对那个罗西克鲁茨[①]的教徒说这话：要进行锻炼。想当年，我还是个毛孩子的时候，不分冬夏，天天都洗冷水浴。至今我还坚持。教育实在是极其细致而广泛……给柯特先生吃点羊腿肉吧，”他转而对姑妈说。

“不，不，我不吃，”老柯特说。

我姑妈从食橱里拿出那盘羊腿，放在桌上。

“可是，为什么你觉得那样对孩子们不好，柯特先生？”她问。

“那样对孩子们有害，”老柯特说，“因为他们的心灵很容易受到影

---

① 罗西克鲁茨是十七世纪和十八世纪初的一个教派，以神秘哲学为基础，探究自然的奥秘。

响。孩子们看见那种事情时，你知道，它就会产生某种效果……”

我用麦片粥把嘴填满，生怕自己气得叫喊起来。这个令人讨厌的红鼻子蠢老头子!

我很晚才睡着。虽然我对老柯特把我当作小孩子非常生气，但我还是绞尽脑汁琢磨他那没说完的话是什么意思。在我昏暗的房间里，我想象着又看见了那瘫痪者阴沉灰白的面孔。我用毯子蒙住脑袋，尽力去想圣诞节的情景。但那张灰白的脸仍然跟着我。它低声嘟哝着；我知道它是想表白什么事情。我觉得自己的灵魂飘荡到一个令人愉快而邪恶的世界；在那里，我发现那张面孔又在等我。它开始轻声细语地向我忏悔，但我奇怪为什么它不停地微笑，为什么嘴唇上那么多唾沫。可那时我又记起它已经因瘫痪病死了，于是我觉得自己也在无力地微笑，仿佛要宽恕他买卖圣职的罪孽。

次日上午吃罢早饭，我到大不列颠街去看那座小小的房子。这是一家极普通的小店，名字有些模糊，称作“布匹服装店”。店里主要经营儿童毛线鞋和雨伞；平时橱窗里总是挂着一块告示牌，上面写着：“修补雨伞”。现在告示看不见了，因为百叶窗已经拉上。一束绉纱花用丝带系在门环上。两个穷女人和一个送电报的男孩正在读别在绉纱花上的纸片。我也走到门口，读道：

1895 年 7 月 1 日

詹姆斯 · 弗林神父（以前奉职米斯街的圣 · 凯瑟琳教堂）享年六十五岁。

愿他永远安息。

读了纸片上的字，我确信他已经死了。我停在门口，茫茫然若有所失。要是他没有死，我就会去到店后面那间昏暗的小屋，看见他坐在炉火边的扶手椅里，几乎全身都捂在大衣下面。也许姑妈会让我带一包

“高士斯特”牌鼻烟给他，这礼物一定会使他从昏昏欲睡中醒来。一般总是我把烟倒进他那黑色的鼻烟盒里，因为他的手颤抖得太厉害，要让他倒总是把一半烟丝撒在地上。甚至他抬起颤抖的大手把烟送往鼻子时，一缕缕云雾般的细烟末也会从指缝间落下，掉在大衣的前襟上面。可能正是这些不时散落的鼻烟，才使他那古旧的神父装显出褪了色的绿色，因为他用来擦掉烟屑的红手帕，总是一个星期就被鼻烟染得污黑不堪，擦也无济于事。

我真想进去看看他，但没有勇气敲门。我沿着街道朝阳的一边慢慢走开，边走边读商店橱窗里的各种戏剧广告。令我奇怪的是，不论我自己还是天气，似乎都没有哀伤的意思，我甚至还不安地发现自己有一种获得自由的感觉，仿佛他的死使我摆脱了某种束缚。对此我困惑不解，因为，正如我姑父昨晚所说，他教给了我许多东西。他曾在罗马的爱尔兰学院学习，因此他教给了我拉丁文的正确发音。他给我讲地下墓道和拿破仑·波拿巴的故事，向我解释不同弥撒仪式和教士穿不同服装的意义。有时他为了寻乐故意给我提些困难的问题，例如问我在某些情况下一个人该做什么，或者某某罪孽是十恶不赦的重罪还是可以宽恕的轻罪，抑或仅仅是一些缺陷。他的问题使我明白了教会的某些规章制度是多么复杂和难解，而以前我总觉得它们是最简单的条例。教士对圣餐的职责，对忏悔保密的职责，我觉得是那么重大，不知道为什么竟还有人有勇气去承担它们；而当他告诉我教会的神父写过像《邮政指南》那么厚的书，并且这些书像报纸上的法律公告那样印得密密麻麻，全都是解答这些复杂的问题时，我倒并不感到惊讶。每当我想到这点时，常常无法回答，或者只是作出一种非常愚蠢的、犹豫含糊的回答，对此他总是微笑，或者点两下头。他曾教会我背诵做弥撒的对答，有时还常常考我；每当我流利地背诵时，他总是沉思着微笑，点点头，不时捏一大撮鼻烟，轮番塞进每一个鼻孔。他微笑时，总是露出他那大而发黄的牙齿，舌头舔着下唇——在我们刚刚认识、我还不太熟悉他的时候，这习惯曾使我感到很不自然。

我顺着阳光走的时候，想起了老柯特说的话来，接着便极力回忆后来梦中发生的事情。我记得曾看见长长的天鹅绒窗帘和一个古式的吊灯。我觉得自己到了遥远的地方，在风俗奇异的他乡——大概是在波斯，我想……但我记不起梦的结局了。

傍晚，姑妈带我去拜访那个居丧之家。虽然已是日落之后，但那房子朝西的窗玻璃上，仍然映照着一大片红金色的云霞。南妮在客厅里接待我们；因为大声与她寒暄极不得体，所以姑妈只是同她握了握手。老太太探询地朝楼上指了指，看到我姑妈点了点头，她便走在我们前面，吃力地爬上狭窄的楼梯，低垂的头几乎碰到了楼梯的扶手。在第一个楼梯的平台，她停下来，向我们招手示意，鼓励我们走向开着门的死者的屋子。姑妈走了进去，老妇人看见我犹豫不前，又开始向我连连招手示意。

我踮着脚尖走了进去。透过窗帘花边的空隙，房间里映射着金色的夕晖；在这夕晖的掩映之中，烛光仿佛是苍白微弱的火焰。他已被放入棺材。南妮带头，我们三个一起跪在床的下首。我佯装祈祷，但却心不在焉，因为老太太的喃喃低语使我分心。我注意到她的裙子在后面笨拙地扣住，布鞋的后跟儿踩得歪倒在一边。我奇怪地想到，老神父躺在棺材里可能正在微笑呢。

但并非如此。当我们站起来走到床头时，我看见他并没有微笑。他躺在那里，庄严而雄伟，穿着齐整，好像要上祭坛似的，一双大手松松地捧着圣杯。他的面孔显得痛苦可怖，苍白而宽阔，鼻孔像两个大的黑洞，头上长着一圈稀疏的白发。房间里有一股浓重的气味——鲜花的香气。

我们在胸前划了十字，便离开了那里。在楼下的小屋内，我们看到伊丽莎端坐在神父的安乐椅里。我犹犹豫豫走到墙角那把我常坐的椅子，这时南妮走向餐橱，拿出盛着雪利酒的带装饰的酒瓶和几只酒杯。

她把这些东西放在桌子上，请我们小饮一杯。接着，按照她姐姐的吩咐，她把酒倒进杯子里，分别递给我们。她还坚持让我吃些奶油饼干，但我谢绝了，因为我觉得吃那种饼干会发出很大的声响。由于我不肯吃，她好像有些失望，默默走向沙发，坐在了她姐姐的后面。没有一个人说话：我们全都凝视着空荡荡的壁炉。

一直等到伊丽莎叹了口气，我姑妈才说：

“唉，也好，他到一个更好的世界去了。”

伊丽莎又叹了口气，点头表示同意姑妈的看法。我姑妈用手指捏着高脚杯的杯脚，随后呷了一小口。

“他死时……安详吧？”她问。

“哦，相当安详，夫人，”伊丽莎说。“你简直说不出他是什么时候断的气。他完全像是睡死了过去，感谢上帝呀。”

“那么一切都……”

“奥鲁克神父星期二来这里陪了他一天，给他涂了油①，为他做了所有的准备。”

“那时他知道吗？”

“他自己是无所谓的。”

“他看上去就是个乐天知命的人，”我姑妈说。

“我们找来替他擦洗的那个女人也这么说。她说他看起来就像睡着了似的，显得那么安详平和。谁也不会想到他的遗体这么完美。”

“是呀，确实是完美，”我姑妈说。

她又举杯呷了口酒，接着说：

“嗳，弗林小姐，不论如何，你们为他做了能做的一切，要知道这对你们也是一个很大的安慰。说实在的，你们姊妹俩对他可真好。”

伊丽莎在膝盖上抚平她的衣服。

---

① 涂油是天主教徒临终前举行的一种仪式。

“唉，可怜的詹姆斯！”她说。“上帝知道我们已经尽了全力，尽管我们贫穷——他在时我们决不会让他缺少什么。”

南妮已经将头靠到沙发垫上，好像要睡着了似的。

“还有这个可怜的南妮，”伊丽莎望着她说，“她已经累得筋疲力尽。所有的事情都得她和我一件件来做：找女人来为他擦洗，给他穿装裹衣裳，准备棺材，然后还要安排教堂里的弥撒。若不是奥鲁克神父，我真不知道我们究竟该做些什么。是他给我们带来了这些花，从教堂里给我们拿来两支烛台，写讣告在《自由人日报》上刊登，负责所有关于墓地的文件，还有可怜的詹姆斯的保险单据。”

“那他不是很好么？”我姑妈说。

伊丽莎闭上她的眼睛，慢慢地摇了摇头。

“唉，再没有比老朋友更好的朋友了，”她说，“可是说来说去，一具尸体还能靠什么朋友。”

“是呀，那倒是真的，”我姑妈说。“不过我深信，他现在已经永远安息了，他一定不会忘记你们，也不会忘记你们对他的一片好心。”

“啊，可怜的詹姆斯！”伊丽莎说。“他并没有给我们带来多大麻烦。他在家里总是不声不响，就像现在这样。可是我知道他已经走了，再也不会回来了……”

“恰恰是一切都过去了，你才会想念他，”我姑妈说。

“这我知道，”伊丽莎说。“我再不必给他端牛肉茶了，还有你，夫人，你也不用再给他送鼻烟了。啊，可怜的詹姆斯！”

她停下来，仿佛是回忆往事，然后又像把一切都看透了似的说道：

“告诉你吧，我注意到他后来变得有些奇怪。每当我端汤给他时，总发现他常用的祈祷书掉在地上，他自己往后靠在椅子里，张着嘴巴。”

她把一根手指放在鼻子上，皱起眉头，然后接着说：

“可是不论什么情况，他总是说，在夏天过去之前，他要找个天气晴朗的日子，坐车出去，好去再看看爱尔兰镇我们出生的老家，而且要带南妮和我一起去。假如我们能在减价的日子租辆新式马车，就是奥鲁克神父对他说过的那种没有噪声的胶轮马车——他说，在去那里的路上，从约翰尼·拉什的马车店里可以租到——我们就可以在一个星期天的傍晚，三个人一起乘车去。他一直想做这件事……可怜的詹姆斯！”

“愿上帝保佑他的灵魂！”我的姑妈说。

伊丽莎掏出手绢，擦了擦眼睛。然后她又把手绢放回口袋，呆呆地望着空空的壁炉，好长一会儿没有说话。

“他这人总是过于认真，”她说。“神父的职责对他太重。而他自己的生活可以说又坎坎坷坷。”

“是的，”我姑妈说。“他一生不得意。这你可以看得出来。”

小屋里一片静寂，乘此机会，我走近桌子，尝了尝我那杯雪利酒，然后又悄悄地回到屋角我坐的那把椅子。伊丽莎似乎陷入了沉思。我们不无敬意地等着她打破静寂。停了很久，她才慢慢地说道：

“这全是因为他打碎了那只圣杯……那是事情的开始。当然，人们说这算不了什么，因为杯子里什么都没有，我也是这么想的。不过，尽管如此……他们说是那个男孩的过错。但可怜的詹姆斯却非常不安，愿上帝怜悯他！”

“真的是那样么？”我姑妈说。“我听到了一些……”

伊丽莎点点头。

“那事影响了他的精神，”她说。“从那以后，他就开始郁郁寡欢，不跟任何人说话，独自一人到处游荡。结果，有天晚上，人们有事找他，可是四处都找不到他。他们上上下下地寻找，然而哪里也看不见他的人影。于是教会的职员建议到小教堂里去试试。这样他们便带了钥匙，将小教堂的门打开，那个职员、奥鲁克神父，还有在那里的另一个神父，拿着灯进去找他……你会怎么想呢？他竟然待在那里，一个人摸黑坐在他的忏悔隔间，完全醒着，好像轻声地对自己发笑。”

她突然停下来，好像要听什么似的。我也侧耳细听；可是整个房子里没有任何声音。我知道，老神父静静地躺在棺材里，与我们看他时一样，带着死亡的庄严和痛苦，一只无用的圣杯放在他的胸上。

伊丽莎接着说：

“他完全醒着，好像对自己发笑……那时，他们看见那种情形，当然会觉得他出了毛病……”

一次遭遇

真正使我们了解荒凉西部的是乔·狄龙。他有个小小的图书馆，收藏了一些过期的旧杂志，有《英国国旗》、《勇气》和《半便士奇闻》。每天下午放学以后，我们便聚在他家的后花园里，玩印第安人打仗的游戏。他和他那又胖又懒的弟弟利奥把守马厩的草棚，我们猛攻尽力去占领；有时候我们也在草地上进行激烈的对搏。可是，不论我们战得多勇，在围攻和对搏中我们从未胜过，每次较量的结果都是乔·狄龙跳起胜利的战舞。他的父母每天上午八点都到加迪纳街去做弥撒，房子的大厅里充满狄龙太太喜欢的静谧的气氛。然而对我们这些年龄更小、更胆怯的孩子来说，他玩得太狠了一些。他看上去真有些像个印第安人，他在花园里跳来跳去，头上戴着一只旧茶壶套，一边用拳头击打罐头盒一边喊叫：

"呀！呀咔，呀咔，呀咔！"

当大家听说他要当牧师的时候，谁也不敢相信。然而，这却是真的。

我们当中扩散着一种顽皮不驯的精神，在它的影响之下，文化和体格上的种种差别都不起作用了。我们结成一伙，有勇敢的，有闹着玩的，也有战战兢兢的。我属于后一种，勉强装扮成印第安人，唯恐显出书呆子气，缺少大丈夫的气概。描写"荒凉西部"的文学作品所叙述的冒险故事，虽然与我的天性相去甚远，但它们至少打开了逃避的大门。我比较喜欢某些美国的侦探故事，其中常常有不修边幅的暴躁而漂亮的女孩出现。这些故事里虽然并无什么错的东西，虽然它们的意图有时还是文学性的，但它们在学校里却只能私下里流传。一天，巴特勒神父听学生背诵指定的四页《罗马史》时，发现傻乎乎的利奥·狄龙正在偷看一本《半便士奇闻》。

“这一页还是这一页？这一页吗？喂，狄龙，站起来！‘天刚刚’……下去！哪一天？‘天刚刚亮’……你学过没有？你口袋里放的是什么？”

利奥·狄龙把那本杂志交上去时，大家的心扑通扑通地直跳，但脸上却装出一副天真的样子。巴特勒神父翻着看了看，皱起了眉头。

“这是什么破烂东西？”他说。“《阿巴奇酋长》！你不学《罗马史》就是读这种东西吗？别让我在这个学校里再发现这种肮脏的东西。写这种东西的人想必是个卑鄙的家伙，他写这些东西无非是为了赚杯酒钱。你们这些受过教育的孩子读这样的东西，真让我感到吃惊。倘若你们是……‘公立学校’的学生，我倒也还能理解。喂，狄龙，我实实在在地告诫你，要认真地学习，不然的话……”

在课堂上头脑清醒之际，这番训斥使我觉得西部荒野的荣光大为逊色，利奥·狄龙惶惑的胖脸也唤醒了我的良知。可是放学后远离学校的约束时，我又开始渴求狂野的感受，渴求只有那些杂乱的记事似乎才能提供的逃避。终于，每天傍晚模仿战争的游戏，也变得像每天上午上课一样令人厌倦，因为我想亲自经历一番真正的冒险。然而，我想了想，一直待在家里的人不可能有真正的冒险：要冒险非到外面去不可。

暑假即将来临，我打定主意，至少花一天时间摆脱令人厌倦的学校生活。于是我与利奥·狄龙和另一个叫马候尼的男孩，计划到外面去疯狂一次。我们每人都攒了六个便士。我们约好上午十点在运河的桥上会面。马候尼准备让他大姐写张请假条，利奥·狄龙叫他哥哥去说他病了。我们说好沿着码头路一直走到船只停泊的地方，然后乘渡船过河，再走着去看鸽子房[①]。利奥·狄龙担心我们会碰到巴特勒神父，或者会

① 鸽子房（Pigeon House）原是炮台，后改为电力站。位于默萨河南岸。可通都柏林湾。在西方传统中，鸽子也代表神圣。

碰到同校里的什么人；但马候尼却非常清醒地反问说，巴特勒神父到鸽子房那里去干什么呢？于是我们又都放下心来。接着我完成了计划的第一步，向他们每人收了六个便士，同时把我自己的六个便士亮给他们看了看。在我们出发前夕做最后安排时，我们都模模糊糊地感到有些兴奋。我们互相握手，哈哈大笑，然后马候尼说：

“明天见，哥儿们！”

那天夜里我一直睡不安稳。第二天早上我第一个来到桥上，因为我的家离那儿最近。我把书藏在花园尽头草灰坑旁边茂盛的草里，那地方谁也不会去的。然后我便沿运河的河岸急急地走去。那是六月头一个星期的一个早晨，天气温和，阳光明媚。我坐在桥栏上，欣赏着我脚上的轻便帆布鞋，头天晚上我刚刚用白粉精心地把它们刷过，接着我又观看驯顺的马拉着满满一车干活的人上山。路边高大的树上，树枝都长出淡绿色的嫩叶，充满了勃勃生机，阳光透过树枝斜照在水面上。桥上的花岗石开始变热，我和着脑海里想的一支曲子，用手在花岗石上打着节拍。我快活极了。

我在那里坐了五到十分钟的样子，便看见马候尼的灰衣服朝这边移了过来。他满面笑容地走上斜坡，爬上桥栏坐在我身边。我们等着的时候，他把从内衣口袋里鼓起的弹弓掏了出来，向我解释他做过的一些改进。我问他为什么带弹弓来，他说他要逗鸟儿玩玩。马候尼善于使用俚语，他说到巴特勒神父时称他是老崩塞。我们又等了一刻钟，可是仍看不到利奥·狄龙的影子。最后，马候尼从桥栏上跳下来说：

“走吧。我就知道小胖子不敢来。”

“他的六个便士呢……？”我说。

“没收了，”马候尼说。“这样对我们更好——我们有一先令六个便士，不止一个先令了。”

我们沿着北岸路走去，一直走到硫酸厂，然后向右拐，走上码头路。我们刚一走到人少的地方，马候尼便扮起了印第安人。他追逐一群穿得破破烂烂的女孩子，挥舞着没有装弹子的弹弓；这时两个衣服破烂的男孩子打抱不平，开始向我们投掷石子，于是他提出我们一起向他们冲过去。我没有同意，因为那两个孩子太小。这样，我们又继续向前走去，那群衣服破烂的孩子们在我们后面高声尖叫："新教鬼！新教鬼！"他们以为我们是新教徒，因为面孔黧黑的马候尼帽子上戴着一枚板球棒似的银质徽章。当我们走到滑铁路口时，我们准备玩一场围攻游戏；可是没有玩成，因为一定要有三个人才行。于是我们拿利奥·狄龙出气，骂他是个孬种，猜想下午三点他会从赖恩先生那里得到多少奖赏。

接着我们走到了河边。喧闹的大街两旁矗立着石头高墙，我们在街上逛了好久，观看吊车和发动机工作，由于老是站着呆看不动，常常遭到开载重车的司机们的吆喝。我们到达码头时已是中午，所有的工人们似乎都在吃午饭，于是我们也买了两个大的果子面包，坐在河边的金属管道上吃了起来。我们愉快地欣赏着都柏林的商业景象——远处的大船冒着一缕缕缭绕上升的黑烟，伦森德外面有一队棕色的渔船，巨大的白色帆船正在对面的码头卸货。马候尼说，如果能搭乘一条那样的大船跑到海上去，一定非常好玩。看着那些高大的桅杆，就连我自己也觉得，我在学校里学的那一点点地理知识仿佛展现在眼前，渐渐变成了真实的东西。学校和家似乎在远离我们，它们对我们的影响似乎也在消逝。

我们付钱搭渡船过黎菲河，同船的有两个工人，还有一个提着包的小犹太人。我们一本正经，显出一副庄重的模样，可是在短短的航程中，只要我们一看见对方便忍不住发笑。上岸之后，我们观看那条漂亮的三桅船卸货，我们在对面码头时就看见它了。有个旁观者说那是条挪威船。于是我便走到船尾，想找出它的标记，可什么也没有找到，我又走回来，仔细观察外国水手，看看他们是否有人长着绿色的眼睛，因为我模模糊糊觉得……但他们的眼睛是蓝色的，有的是灰色的，甚至有的是黑色的。唯一一个可以算是绿眼睛的水手是个高个子，他为了使聚集在码头上的人开心，每次放下货板时便欢快地吼叫：

“好嘞！好嘞！”

我们看够了这一景象后，便慢慢地游逛到伦森德。天气变得闷热，杂货店的橱窗里，摆得太久的饼干已经发白。我们买了一些饼干和巧克力，一边起劲地吃着，一边在肮脏的街上闲逛，街的两边住的是渔民。由于找不到卖牛奶的地方，我们便到一家小铺里每人买了一瓶山莓柠檬水。喝完之后，马候尼又来了精神，跑去追一只猫，一直追到一条胡同里，但那只猫却跑到旷野里去了。我们俩都觉得累了，所以一到那片旷野，我们就走到河岸的斜坡上躺下，越过岸脊，我们可以看到多德尔。

时间已经很晚，而且我们也太累了，再没有力气去实现观看鸽子房的计划。我们必须在四点以前回到家里，否则我们这次冒险活动就会被人发现。马候尼满脸遗憾的样子看着他的弹弓，于是我不得不提出乘火车回去，以免他又来了新的兴致。太阳钻进了云里，我们只觉得疲惫不堪，吃的东西也变成了碎末。

田野里只有我们两人。我们默默地躺在河岸的斜坡上，过了好一会儿，我看见田野的尽头有个人朝我们走来。我懒洋洋地望着他，一边嚼着一根女孩们用来算命的嫩绿草梗。他慢慢地沿着河岸走来，一只手放在臀部，另一只手拿着一根拐杖，轻轻地敲打着草地。他穿着一套墨绿色的破旧衣服，戴一顶我们常常称作夜壶的高顶毡帽。他看上去相当老了，因为他的小胡子已经灰白。他从我们脚下走过时，迅速地抬头瞥了我们一眼，然后便继续走他的路。我们用眼睛跟着他，只见他往前走了大约五十步时，又转过身往回走了。他非常缓慢地朝我们走来，仍然用拐杖敲打着地面。他走得太慢了，我觉得他一定是在草里找什么东西。

他走到我们身边时停了下来，向我们问好。我们也向他问好，然后他小心翼翼地、慢慢地在我们身边的斜坡上坐下。他开始谈论天气，说这年夏天一定会很热，还说季节和很久以前他小的时候相比已经发生了很大变化。接着他又说，毫无疑问，一生最快乐的时候是当小学生的日子，如果他能重返童年，他不惜花任何代价。在他讲这些感伤的话时，我们有些厌烦，一声不吭地听着。然后，他开始谈起学校和书。他问我们是否读过托马斯 · 莫尔的诗，或者瓦尔特 · 司各特爵士和李顿勋爵的作品。我自称读过他提到的每一本书，于是他最后说道：

“啊，我可以看得出，你和我一样是个书虫。喂，”他指指正在瞪着眼注视我们的马候尼接着说，“他和你不同；他贪玩游戏。”

他说他家里藏有瓦尔特 · 司各特爵士的全部作品，也有李顿勋爵的全部作品，而且对它们总是百读不厌。“当然，”他说，“李顿勋爵的某些作品孩子们是不能读的。”马候尼问为什么孩子们不能读——这问题使我焦虑不安，因为我担心这人会觉得我和马候尼一样愚蠢。不过，那人只是笑了笑。我看见他的黄牙之间露出了很大的空隙。接着他问我们两人谁的情人更多。马候尼轻浮地说他有三个女友。那人又问我有几个。我说我一个也没有。他不相信，说我一定有一个。我没有作声。

“告诉我们，”马候尼冒失地对那人说，“你自己有几个情人？”

那人依然笑了笑，说他在我们这样的年纪时有许多情人。

“每一个男孩，”他说，“都有个小情人。”

他对这事的态度使我觉得有些奇怪，像他这样年纪的人竟这么开通。其实我心里觉得，他对男孩和情人的看法倒是不无道理。然而我不喜欢从他嘴里说出这些话来，而且我不明白他为什么颤抖了一两次，好像他害怕什么或者突然觉得发冷似的。当他继续说话时，我注意到他的口音挺好。他开始跟我们谈论女孩子，说她们的头发多么柔和漂亮，她们的手多么绵软，还说人们应该知道，并不是所有的女孩都像看上去那么好。他说，他最喜欢的事就是看一个漂亮的年轻女孩，看她嫩白的双手和她美丽的秀发。他给我的印象是，他在反复说他牢牢记在心上的某件事，或者由于迷恋他话里的某些词语，他的思想慢慢地绕着同一个路子转来转去。有时他的话好像尽说些人人都知道的事实，有时他又压低声音，说得很神秘，仿佛他在告诉我们某个他不想让别人听到的秘密。他一遍又一遍地重复他的话，只不过用他那单调的声音围绕着这些话稍加改变。我一面听他说，一面继续向斜坡下注视。

过了好一会儿，他的独白停了下来。他慢慢站起身，说他得离开我们一会儿，大约几分钟的时间。我仍然凝视着斜坡下面，只见他慢慢离开我们，向田野近的一头缓缓走去。他走了之后，我们仍然谁也没有讲话。又沉默了几分钟，我听见马候尼喊道：

“我说！你看他在干什么！”

我既没答腔也没抬头去看，所以马候尼又喊道：

“我说……他真是个古怪的老家伙！”

“万一他要问起我俩的名字，”我说，“就说你叫默菲，我叫史密斯。”

我们俩彼此再没说什么。我仍然在想，那人回来再坐在我们身边时，我是不是该走开。那人几乎还没有坐下，马候尼瞥见了刚才跑掉的那只猫，便跳起来越过田野去追赶。那人和我都看着他追逐。可是那猫又跑掉了，马候尼就朝那猫蹿上的墙顶扔石头。扔完石头，他就漫无目的地在田野的另一头游荡。

过了一会儿，那人跟我说起话来。他说我的朋友是个很粗野的孩子，问我他在学校是否常挨鞭子。我想愤慨地顶他几句，说我们不是“公立学校”那种挨鞭子的学生，像他说的那样；可我还是忍着没有说话。他开始谈起惩罚学生的事情。他的思想仿佛又对他的话着了迷，似乎慢慢地绕着一个新的中心转来转去。他说，如果是那种粗野的孩子，就应该鞭打，应该好好地抽一顿。倘若一个孩子粗野不守规矩，使他学好的唯一办法就是狠狠地鞭打，没有其他的法子。打手板、刮耳光都无济于事：他需要的是一顿实实在在、热热乎乎的鞭打。这种看法使我大为震惊，不由地抬头瞟了一眼他的脸。在我看他时，我发现他那一双深绿色的眼睛，从抽搐的额下正盯着看我。我又移开了我的眼睛。

那人继续他的独白。他似乎忘记了自己刚才的自由论调。他说要是他发现一个男孩和女孩说话，或者有一个女孩作情人，他就会拿鞭子一遍遍地抽他；那样会使他接受教训，不再跟女孩说话。要是一个男孩有了情人还撒谎不说，他就会把他往死里打。他说在这个世界上他最喜欢的就是那样教训男孩子。他向我描述他如何鞭打这样的孩子，仿佛他是在揭开什么精心设计的秘密。他说那是他在这个世界上最爱干的事；而且，随着他单调地向我诉说这个秘密，他的声音几乎变得亲切起来，好像是恳求我理解他的意思。

我一直等到他的独白再次停下来。然后我猛地站起身。为避免显出慌乱不安，我假装系好鞋带，故意拖延了一会儿，接着便向他告别，说我必须走了。我平静地走上斜坡，但我的心却跳得厉害，唯恐他会把我的脚脖子抓住。我走到坡顶时转过身，看都没看他一眼，便冲着田野的那边大叫：

“默菲！”

我的声音里带着一丝不自然的勇敢，连自己也对这种卑劣的花招感到羞惭。我不得不再喊这个名字，马候尼这才看见我，回了一声哈喽。他越过田野向我奔跑时，我的心跳得多么厉害呀！他跑过来像是来救我似的。而我却觉得懊悔；因为我内心里总有些瞧不起他。

阿拉比[①]

① 阿拉比是阿拉伯的古名。此处指一个以“阿拉比”命名的室内大型集贸市场。

北里奇蒙街的一头是死的，除了基督教兄弟会的学校放学的时候，这条街一向非常寂静。在街的尽头，有一座无人居住的两层楼房，它坐落在一块方地上，与周围的邻居隔开。街上的其他房屋，意识到里面住着体面的人家，便以棕色庄严的面孔互相凝视。

以前我们这房子的房客是个牧师，他死在房子的后客厅里。由于长期关闭，房间里都散发出霉味，厨房后面废弃不用的房间里，满地扔着陈旧无用的废纸。我在纸堆里找到了几本包着纸皮的书，书页卷起，而且潮乎乎的：一本是瓦尔特·司各特的《修道院长》，另两本是《虔诚的圣餐接受者》和《维多克回忆录》。我最喜欢最后一本，因为它的书页是黄色的。房子后面荒芜的花园里，中央长着一棵苹果树，周围有几簇蔓延的灌木丛；在一簇灌木丛下面，我发现了已故房客留下的一个生了锈的自行车气筒。他是个仁慈宽厚的牧师；在他的遗嘱里，他把所有的钱都捐给了慈善机构，把房子里的家具留给了他妹妹。

昼短夜长的冬天到来之后，我们还没吃好晚饭就已是黄昏。我们在街上碰头时，房子都变得黑乎乎的。我们头上的天空是千变万化的紫罗兰色，路上的街灯向上擎着光线微弱的灯笼。寒气袭人，我们一直玩到浑身发热。我们的呼喊声在寂静的街上回响。我们玩的游戏使我们跑到了房后泥泞的小巷，在那里我们遭到一帮从小房子里出来的野小子们的夹击；于是我们跑到昏暗潮湿的花园后门，那里从灰坑中发出一股股臭气，然后我们又跑到阴暗而难闻的马厩，那里马夫在为马梳理，或是敲着带扣的马具发出悦耳的乐声。我们再回到街上时，从厨房窗子里射出的灯光已把这一带照亮。如果看到我叔叔正拐过墙角，我们就藏在阴影里，直到我们看见他走进家里。或者，如果曼根的姐姐[1]出现在门前的台阶上，呼唤她弟弟回去喝茶，我们就从阴影里注视她在街上东张西望的情景。我们等着看她是待在台阶上还是转回家去，如果她不走，我们就离开阴影，无可奈何地跟着曼根的脚步走过去。她在等着我们，灯光从半开着的门里射出，她的身影清晰可见。她弟弟在听从她之前总是先逗她一番，所以我便站在栏杆旁边看着她。她移动身体时，衣服摆来摆去，柔软的发辫左右晃动。

每天早晨，我都爬在前厅的地板上，注视着她家的门口。我把百叶窗放下，留不到一英寸的空隙，免得被别人看见。她出门走到台阶上时，我的心便急促地跳动。我跑到过道里，抓起书跟在她后面。我的目光一直盯着她那褐色的身影，等快到我们分开的路口时，我便加快脚步超过她。天天早晨都是如此。除了偶尔随便打个招呼，我从未跟她说过话，然而她的名字总使愚蠢的我热血沸腾。

甚至在最不适宜浪漫的地方，她的形象也陪伴着我。星期六晚上，我姑妈到市场去的时候，我不得不替她去拿些东西。我们走过灯光闪耀的大街，被醉汉和讨价还价的妇女们挤来挤去，街上熙熙攘攘，劳工们咒骂，守立在猪头肉桶旁边的店伙计尖声吆喝，街头卖唱的人用带鼻音的腔调唱着关于奥多诺万·罗萨的《大家一起来》之歌[2]，或者唱着关于我们祖国动乱的民谣。这些声音在我心里汇成一种独特的生活感受：我想象自己捧着圣杯，在一群敌人中安然通过。在我进行自己并不理解的祈祷和赞美时，她的名字时不时地从我的嘴里脱口而出。我眼里常常充满泪水（我也说不出为什么），有时一股热流似乎从心里涌上胸膛。

---

① 原文为“Mangan's sister”。根据唐·埃福德（Don Eifford）的注释，曼根是爱尔兰名诗人的名字，曼根曾写过一首非常流行的诗《褐色的罗萨琳》，因此《褐色的罗萨琳》寓指爱尔兰。

② 奥多诺万·罗萨（1831—1915）是爱尔兰自由运动的斗士。

我很少想到将来。我不知道究竟我是否会跟她说话，如果说，我怎么向她说出我迷惘的爱慕之情呢。然而，我的身体像是一架竖琴，而她的言谈举止宛如拨动琴弦的手指。

一天晚上，我走进牧师在里面死去的那间后客厅。那是一个漆黑的雨夜，房子里一片静寂。透过一块玻璃破了的窗户，我听见密密麻麻的雨滴落到地上，不停的细雨像针一样在湿透的花坛上跳跃。远处某盏灯或者亮着灯的窗子在我下面闪烁。我庆幸自己看不清什么。我所有的感觉似乎都渴望模糊，当我觉得快要失去感觉时，我紧紧地把双手合在一起，直合得它们颤抖起来，口中反复地喃喃自语："啊，爱情！啊，爱情！"

她终于和我说话了。她说第一句话的时候，我慌乱不安，不知该如何回答。她问我去不去阿拉比。我记不清回答的是去还是不去。那是一个非常壮观的市场，她说她非常想去。

"那你为什么不去呢？"我问。

她说话的时候，不停地转动手腕上的银镯。她不能去，她说，因为那星期修道院里将做静修。她的弟弟和另外两个男孩在抢夺帽子，只有我一个人站在栏杆旁边。她抓着一根栏杆的尖头，把头低向我这边。从我们的门对面射出的灯光，照出她脖子的白白的曲线，照亮了她脖子上下垂的头发，并向下照亮了她在栏杆上的那只手。光线落在她衣裙的一边，照亮了她衬裙雪白的滚边，她随意站着时正好可以看见。

"你倒是真应该去，"她说。

"假如我去，"我说，"我一定给你带点东西。"

那晚以后，不论白天黑夜我都胡思乱想，我是多么地如痴如狂呀！我恨不得那几天插在中间的沉闷日子一下子过去。学校的功课使我烦躁。不论晚上在卧室里还是白天在教室里，她的形象总在我尽力阅读的书页上出现。"阿拉比"这个词的音节透过沉寂向我回响，我的心灵沉浸在静寂之中，在我身上投射出一种东方的魅力。我请求允许我星期六晚上到阿拉比市场去。姑妈大为吃惊，她希望那不是为了“共济会”①的什么事。我在课堂上几乎不回答问题。我看到老师和蔼的面孔变得严厉起来；他希望我并不是开始变懒。我无法集中思想。我几乎对生活中的正经事没有一点耐心，既然它阻碍了我的欲望，我就觉得它像是儿童游戏，而且是令人讨厌的、单调的儿童游戏。

星期六早上，我提醒我姑父说，晚上我要去阿拉比市场。他正在衣帽架旁忙乱地寻找帽刷子，随口回答说：

“去吧，孩子，我知道了。”

由于他在走廊里，我不能到前厅去趴在窗边。我觉得房子里气氛不好，便慢慢地向学校走去。外面空气异常寒冷，我的心也已经忐忑不安。

我回家吃晚饭时，姑父还没回来。其实时间还早。我坐下盯着时钟看了一会儿，它的嘀嗒声开始使我心烦意乱时，我就离开了房间。我登上楼梯，走到楼上。楼上那些高大清冷、空敞阴郁的房间使我觉得自由，我唱着歌从一个房间走到另一个房间。从楼上的前窗，我看见我的伙伴们在下面的街上玩耍。他们的喊声传过来已经变弱，隐隐约约可以听见，我把前额贴到冰冷的玻璃上，眺望她居住的那座黑乎乎的房子。我可能在那里站了一个小时，什么都没有看见，只有在我的想象中看见了她那褐色的身影，她那被灯光照亮的弯曲的脖子，她那放在栏杆上的手和她衣裙下面的滚边。

我又回到楼下时，发现默瑟尔太太正坐在炉火旁边。她是个爱饶舌的老太太，一个典当经纪人的遗孀，有收集旧邮票的嗜好。我不得不忍受她在茶桌边的唠叨。晚饭拖延了一个多小时，可姑父仍未回来。默瑟尔太太站起身要走：她抱歉不能再等下去，但已过了八点，她不愿在外面待得太晚，因为夜晚的天气对她不宜。她走了以后，我开始攥紧拳头

① “共济会”是一种带有互助性质的秘密社团，反对天主教，故被视为天主教的死敌。

在屋里踱来踱去。我姑妈说道：

“天哪，我恐怕你今晚去不成阿拉比市场了。”

九点钟的时候，我听见姑父用钥匙开过道的前门。我听见他自言自语，还听见他挂大衣时衣帽架晃动的声音。我知道这些声音意味着什么。当他晚饭吃到一半时，我向他要钱去市场。他已经把这事给忘了。

“人们已经上床，现在都睡过头觉了，”他说。

我没有笑。姑妈有力地对他说：

“你就不能给他钱让他去吗？说实话，你让他等得够晚的了。”

我姑父说他把这事给忘了，真对不起。他说他相信那句老格言：“只读书不玩耍，聪明的孩子也变傻。”他问我去什么地方，我又告诉他一遍后，他问我知不知道《阿拉伯人告别骏马》这首诗。我离开厨房时，他正要向我姑妈背诵那首诗的开头几行。

我手里攥着一枚两先令的银币，迈开大步沿白金汉街向车站走去。街上挤满了买东西的人，煤气灯照耀得如同白昼，这景象使我想起了此行的目的。我在一辆空荡荡的火车的三等车厢里找了个座位。过了好一阵令人难以忍受的延误之后，火车终于慢慢地离开了车站。它缓慢地向前爬行，越过倾圮的房屋，穿过闪亮的河流。在威斯特兰地区车站，一群人挤上了车门；但乘务员让他们退下，说这是开往市场的专列。我仍然只是一人坐在那节空荡荡的车厢里。几分钟之后，火车停靠在一个临时用木头搭成的站台旁边。我下了车，走到马路上，看见灯光照亮的一个大钟，已经差十分十点了。我前面是一座大型建筑，闪烁着迷人的名字。

我找不到任何一个六便士的入口，但又唯恐市场关门，所以便匆匆穿过一个旋转门，将一先令递给面容倦怠的看门人。我发现自己进入一间大厅，周围是一圈半墙高的货廊。差不多所有的货摊都已关闭，大厅的一半都黑乎乎的。我辨识出一种静寂，它像是做完礼拜之后弥漫在教堂里的那种静寂。我有些胆怯地走进市场的中心。有几个人聚集在一家仍在营业的货摊周围。在一块上面用彩灯拼成“音乐咖啡厅”字样的布帘前面，两个人正在往一个盘子里数钱。我听着硬币落下的声音。

我好不容易才想起我为什么来到这里，于是便匆匆走到其中一家摊位，端详那里的瓷瓶和有花卉装饰的茶具。在这家摊位的门口，一位年轻女郎正在和两位年轻的男士说笑。我注意到他们的英语口音，面无表情地听着他们谈话。

“啊，我从没有说过这样的事情！”

“啊，你肯定说过！”

“啊，我肯定没说过！”

“她真的没说过？”

“说过，我听见她说的。”

“啊，这简直是……胡扯！”

那位年轻女郎看见我，便走过来问我是否想买什么东西。她的口气并不像鼓励我买；似乎只是出于责任感才对我说话。那些大的瓷瓶像东方卫士似的直立在摊位黑暗入口的两边，我谦恭地望着它们，喃喃地说道：

“不，谢谢。”

那年轻女郎把其中一个花瓶挪了挪，然后又走回两位男士身边。他们又谈论起同一个话题。有一两次那年轻女郎回头瞟了瞟我。

我在她的摊位前徘徊不定，仿佛我对她的货物真有兴趣，尽管我知道我在那里逗留毫无意义。然后，我慢慢地离开那里，穿过市场的中间走去。我让口袋里的一枚两便士硬币和一枚六便士硬币撞击作响。我听见从货廊的一头传来灭灯的喊声。顿时，大厅上面的部分完全黑了下来。

抬头向黑暗中凝视，我看见自己成了一个被虚荣心驱使和嘲弄的动物；于是我的双眼燃烧起痛苦和愤怒。

伊芙琳

她坐在窗前，凝视着夜幕笼罩住街道。她的头倚着窗帘，鼻孔里有一股沾满灰尘的印花布窗帘的气味。她显得非常疲倦。

街上行人稀少。有个男人从最后一幢房子里出来，路过这里回家；她听见他的脚步沿着混凝土的人行道嗒嗒作响，后来又咯吱咯吱地走在红色新房前的煤渣路上。以前那里曾是片空地，每天晚上他们常和别家的孩子们在那里玩耍。后来一位从贝尔法斯特来的人买了那片地，在上面盖了房子——不像他们那种褐色的小房子，而是明亮的砖房，带有闪闪发光的屋顶。以前，这条街上的孩子们常在那块空地上一起游戏——有狄威因家的，瓦特家的，邓恩家的，小瘸子基厄夫，还有她和她的弟弟妹妹们。不过，厄尼斯特从来不玩：他太大了些。她父亲常常用他的李木手杖从空地上往外撵他们；然而小基厄夫通常总是替他们望风，一看见她父亲来了便大声喊叫。尽管如此，他们那时似乎非常快乐。她父亲当时并不那么坏；而且，她母亲还活着。那是很久以前的事了；如今她和弟弟妹妹们都长大了，她母亲也已过世。蒂茜·邓恩死了，瓦特一家已迁往英格兰。一切都变了。现在她也要走了，像其他人一样，离开她的家。

家！她环顾房间的四周，再看看房间里所有熟悉的物品；多年以来，她每周都把这些东西擦拭一次，不知道灰尘究竟是从哪儿来的。也许她再也看不见那些熟悉的物品了，她做梦也没想到会离开它们。然而，这些年来，她一直不知道这位神父的名字，他那发黄的照片挂在破风琴上面的墙上，旁边是一幅向圣女玛格丽特·玛丽·阿拉考克许愿的彩印画。他曾是她父亲上学时的一位朋友。每当她父亲把照片拿给客人看时，他总是一边递照片一边随随便便地说道：

“现在他住在墨尔本。”

她已经同意出走了，离开她的家。那样做明智吗？她尽力从每个方面权衡这个问题。无论如何，她在家里有住的也有吃的，周围有她从小就熟悉的那些人。当然，她得辛辛苦苦地干活，不论是家里的活还是店里的活。倘若他们知道她跟一个小伙子跑了，那些人在店里会说她什么呢？也许，说她是个傻瓜；而且她的位子还会通过广告来招人替补。盖文小姐会感到高兴。她总是显摆比她强，尤其是每当有人听着的时候。

“希尔小姐，你没看见这些女士们在等着吗？”

“请你打起精神来，希尔小姐。”

她不会因离开这店而难过得哭泣。

可是，在她的新家，在一个遥远陌生的国度，情况不会像那个样子。那时，她就结了婚——她，伊芙琳。那时，人们会尊重她。她不会受到她妈妈生前所受的那种对待。甚至现在，虽然她已经年逾十九，有时仍觉得自己还受着父亲暴力的威胁。她知道，正是那种威胁才使她胆战心惊。他们成长的时候，他从未像喜欢哈利和厄尼斯特那样喜欢过她，因为她是个女孩；可是后来，他开始威吓她，说是要不看在她死去的母亲的分上，他就会对她如何如何。现在她得不到任何人的保护。厄尼斯特已经死了，而哈利在做教堂装饰生意，几乎总是在乡下到处奔波。此外，每星期六晚上，为了钱的事总免不了争吵，这也使她开始感到说不出的厌烦。她总是把全部工资——七个先令——如数交出，哈利也总是把能寄的钱寄来，但问题是向她父亲要钱。他说她常常乱花钱，说她没有头脑，还说他不会把他辛辛苦苦挣来的钱给她抛到街上，他还说了许多，因为星期六晚上他的情绪总是很坏。最终，他会把钱给她，但会问她是否打算为家里买星期天的食品。那时，她只得尽快跑出家门，到市场上采购，手里紧紧抓着黑皮钱包，在熙熙攘攘的人群里挤来挤去，等到拎着食品返回家时已经很晚。她辛辛苦苦维持这个家，负责留给她照看的两个年轻的孩子，让他们按时上学，按时吃饭。这是辛苦的工作——一种辛苦的生活——但是她现在马上就要离开它了，却又觉得有点儿恋恋不舍。

她马上就要和弗兰克去开拓另一种生活。弗兰克是个非常善良的人，心胸开阔，颇有男子汉的气概。她要和他一起乘夜船离开，做他的妻子，和他一起在布宜诺斯艾利斯生活，他在那里有个家等着她。她多么清楚地记着她第一次见他时的情景呀；那时他寄宿在大路旁边的一间房子里，她也常常去那里。这仿佛是几个星期前的事情。他站在门口，他的鸭舌帽推到了脑袋后面，散乱的头发垂在古铜色脸的上方。后来他们就互相认识了。他每晚都在商店外面接她，然后送她回家。他带她去看《波希米亚女郎》，她和他一起坐在剧院里的雅座区，虽不习惯却觉得非常惬意。他酷爱音乐，也唱得几句。人们知道他们在谈恋爱，因而当他唱起少女爱上一个水手的歌时，他总是高兴得心醉神迷。他常常逗她叫她“小天鹅”。最初，她对身边有个小伙子感到兴奋，后来便渐渐喜欢他了。他知道许多遥远国家的故事。他起初当舱面水手，在阿伦航运公司驶往加拿大的一艘船上工作，每月挣一个英镑。他告诉她他曾在上面工作过的那些船的名字，还告诉她各种不同工作的名称。他曾驶过麦哲伦海峡，于是便给她讲可怕的帕塔格尼亚人的故事。他说他在布宜诺斯艾利斯曾死里逃生，他来这个古老的国家只是为了度假。当然，她父亲发现了他们的关系，于是便禁止她与他有任何来往。

“我知道这些当水手的小子们，”他说。

一天，她父亲与弗兰克吵了一架，从那以后，她不得不偷偷地与她的情人见面。

大街上夜色深沉。搁在她膝上的两封信的白色变得模糊不清。一封是写给哈利的；另一封是给她父亲的。她宠爱厄尼斯特，但也喜欢哈利。她注意到她父亲近来渐渐变老；他会想念她的。有时候他会非常慈祥。不久前，她生病在床上躺了一天，他给她读鬼怪故事，还给她在火上烤了面包片。还有一天，她母亲活着的时候，他们全家曾一起到霍斯山去野餐。她记得父亲戴上母亲那个有带子的女帽，逗孩子们发笑。

她的时间越来越少，可她仍然坐在窗边，头倚着窗帘，闻着沾满灰尘的印花布窗帘的气味。从窗下大街的远方，她听见传来一架街头手风琴的乐声。她知道那个曲子。奇怪的是它竟然恰恰在今夜传来，使她想起自己对母亲的许诺——她曾许诺一定要尽力维持这个家。她记起母亲病中的最后一个晚上；她又回到了过道那边昏暗的屋里，听到外面传来一首凄凉的意大利乐曲。拉手风琴的人被打发走了，花了六个便士。她记得父亲趾高气扬返回病房说：

“该死的意大利人！竟到这里来了！”

在她沉思冥想之际，她母亲一生可怜的景象如同符咒似的压在了她的心头——平平凡凡耗尽了生命，临终都操碎了心。她浑身颤抖，仿佛又听见母亲的声音愚顽不停地说着：

“我亲爱的孩子！我亲爱的孩子！”

她蓦然惊恐地站了起来。逃！她必须逃走！弗兰克会救她。他会给她新的生活，也许还会给她爱情。而她需要生活。为什么她不应该幸福？她有权利获得幸福。弗兰克会拥抱她，把她抱在怀里。他会救她的。

*　　*　　*　　*　　*

在诺斯华尔码头，她站在挤来挤去的人群当中。他拉着她的手，她知道他在对她说话，一遍遍谈着航行的事儿。码头上挤满了带着棕色行李的士兵。透过候船室宽大的门口，她瞥见了巨大的黑色船体，停泊在码头的墙边，舷窗里亮着灯。她没有说话。她觉得脸色苍白发冷，由于莫明其妙的悲伤，她祈求上帝指点迷津，告诉她该做什么。大船在雾里鸣响悠长而哀婉的汽笛声。如果她走的话，翌日就会和弗兰克一起在海上，向布宜诺斯艾利斯驶去。他们的船位已经订好。在他为她做了这一切之后，她还能后退么？她的悲伤使她真觉得想吐，于是便不停地翕动嘴唇，虔诚地默默祈祷。

一阵叮当的铃声敲响了她的心房。她觉得他抓紧了自己的手：

“来呀！”

全世界的海洋在她的心中翻腾激荡。他把她拖进了汪洋之中：他会把她淹死的。她用双手紧紧地抓住了铁栏。

“来呀！”

不！不！不！这不可能。她双手疯狂地抓着铁栏。在汪洋之中，她发出一阵痛苦的叫喊。

“伊芙琳！爱薇！”

他冲过栅栏，喊叫她跟上。有人喊他往前走，他却仍在喊她。她迫不得已地向他抬起苍白的面孔，像是一只孤独无助的动物。她双眼望着他，没有显示出爱意，也没有显示出惜别之情，仿佛是路人似的。

赛车以后

汽车飞驰而来，疾速向都柏林驶去，平稳得就像在纳亚斯路的车辙里滚动的小球。在英奇柯尔的小山顶上，观众成群地聚集在一起，望着车队疾速归来，望着欧洲大陆的财富与工业穿过这条贫瘠而无生气的通道奔驰。成群的观众不时为落后者鼓劲，使他们大为感激。不过，他们真正同情的是蓝色车——那是他们的朋友法国人的车子。

另外，法国人确实是胜利者。他们的车队非常稳健；他们赢得了第二名和第三名，而赢得第一名的德国车的驾驶员据说是个比利时人。因此，每一辆蓝色车经过山顶时都受到加倍地欢迎，每一阵欢迎的欢呼声都得到车上那些人微笑和点头的回报。在这些造型漂亮的汽车当中，有一辆车上坐着四个年轻人，他们那时的情绪似乎远远超过了法国人获胜时常有的心情：事实上，这四个年轻人几乎是在狂欢。他们是车主夏尔·塞古安，出生于加拿大的青年电工安德烈·里维埃尔，一位身材高大名叫维洛纳的匈牙利人，以及一位穿着整齐名叫杜瓦尔的年轻人。塞古安心情愉快，因为他出乎意料地收到了一些预订货单(他即将在巴黎开设一家汽车公司)；里维埃尔心情愉快，因为他将被聘为这家公司的经理；当然这两位年轻人(他们是表兄弟)心情愉快还因为法国车队的胜利。维洛纳心情愉快，因为他吃了一顿美美的午餐；此外他生就是一个乐观的人。不过，他们当中的第四个人过于兴奋，难说是真正快乐。

他年约二十六岁，长着柔软的淡褐色的胡髭，一双灰色的眼睛显得相当天真。他父亲曾是个激进的民族主义者，但很早就改变了自己的观点。他在金斯镇靠当屠宰商发迹，后来在都柏林及其郊区开了一些店铺，比以前成倍地赚钱。他还非常幸运地和警察局签了一些供应合同，最后变得极其富有，被都柏林的报纸称为商界王子。他把儿子送到英格兰，在一所大的天主教学院接受教育，后来又把他送到都柏林大学学习法律。吉米学习并不非常用功，有一段时间还走上了邪路。他有钱，人人都知道他；他奇怪地分配他的时间，一半用于音乐，一半用于赛车。后来，他又被送到剑桥一个学期，为的是开开眼界。父亲对他的奢侈虽不无责备，但暗中却感到得意，为他付了学校的账单，把他带回家去。正是在剑桥时他遇到了塞古安。当时他们只是泛泛之交，但吉米觉得自己极愿与这个见过大世面的、据说拥有几家法国最大旅馆的人交往。这样一个人（他父亲也同意）即使不是那种可意的伙伴，也非常值得结交。维洛纳同样让人感到高兴——他是个绝好的钢琴家——只可惜太穷了。

车子载着兴高采烈的年轻人欢快地奔驰。两个表兄弟坐在前排座；吉米和他的匈牙利朋友坐在后面。非常明显，维洛纳精神昂扬；他一路不断地用深沉的低音哼着歌曲。法国人从前排座上隔肩抛来他们的笑声和戏语，吉米常常不得不俯身向前才听得清那些说得很快的话。这使他觉得很不舒服，因为他几乎总要进行某种巧妙的猜测，然后顶着大风高声喊出适当的回答。此外，维洛纳哼歌曲的声音也给大家添乱；何况还有车子的噪声。

穿过空间的高速运动使人飘飘欲仙；声名狼藉也同样如此；而拥有金钱也产生同样的效果。这些就是令吉米兴奋的三大原因。那天，他的许多朋友都看见他和这些大陆来的人待在一起。在中途停车站，塞古安把他介绍给一位法国车手，他慌乱地低声赞扬了几句，作为回答，那位车手油黑的脸上露出一排雪白闪亮的牙齿。在那种荣誉之后，再回到观众的世俗世界，被人们用肘臂轻轻推着，投以羡慕的眼光，真可谓是一件快事。至于钱——他确实有一大笔可以支配。塞古安也许不认为那是一大笔钱，但吉米却清楚地知道那笔钱来得多么不易，他虽然也犯些暂时的错误，可毕竟还是继承了他父亲根深蒂固的天性。这种认识使他以前的挥霍总是保持适度。倘若以前只是怀疑头脑发昏时他还意识到赚钱之不易，那么现在他要冒险把大部分财产用于投资，无疑对钱会有更强的意识！这对他可是一件大事。

当然，这是项很好的投资，而且塞古安使他觉得，完全是看在朋友的分上，才接受那么一点点爱尔兰的钱入股。吉米对他父亲在生意上的精明一向敬佩，而这次投资其实也是他父亲首先提出的；做汽车生意准能赚钱，而且会赚大钱。何况，塞古安有那种毋庸置疑的富豪气派。吉米开始把他坐的那辆豪华汽车转换成日常的工作。他跑得多稳呀！沿着乡间公路奔驰他们是多么的神气！这种旅行像一只具有魔力的手指拨动了生命的真正脉搏，使人的神经系统伴随着疾驰的蓝色动物激烈地跳动。

他们沿着戴姆街驶去。街上交通格外繁忙，汽车驾驶员的鸣笛声响成一片，不耐烦的电车司机把开道锣敲得叮叮当当。塞古安在银行附近把车刹住，吉米和他的朋友下了车。人行道上聚集了一小群人，对尚未灭火隆隆响着的汽车致敬。那天晚上，他们这伙人将在塞古安的旅馆里用餐，同时吉米和他的朋友——住在他家里——要回家去换换衣服。汽车慢慢地向格拉夫顿大街驶去，两个年轻人便从观看的人群中挤了出去。他们向北走，心里有一种奇怪的失望感，而在他们头上，城市里苍白的路灯悬挂在夏日夜晚的薄雾之中。

在吉米家里，这顿晚饭被当作一件大事。某种骄傲与他父母的不安交汇在一起，还有想放荡一番的急切心情，因为国外大城市的名人至少有这种时尚。吉米换装之后看上去同样很有风度，当他站在大厅里最后整理领带时，他父亲甚至从商业的角度也会感到满意，因为他使儿子获得了一种常常用钱买不到的气质。因此，他对维洛纳非常友好，他的举止表明他真正敬佩外国的成就；但这位匈牙利人可能并没有注意他主人的这种微妙情感，因为他正开始急切切地巴望着吃那顿晚饭。

晚餐极其丰盛而精美。吉米断定，塞古安的口味非常高雅。晚餐桌上添了一位年轻的英国人，名叫鲁思，吉米在剑桥时曾和塞古安一起见过。这些年轻人在一间舒适的、点着电烛灯的房间里用餐。他们海阔天空地神聊，毫无顾忌。吉米的想象力活跃起来，他觉得朝气蓬勃的法国青年加上正襟危坐的英国人真可谓相得益彰。他想，这应是他自己的一种高雅形象，一种恰恰是他应该有的形象。他佩服主人引导大家谈话的聪明机敏。五个年轻人各有不同的趣味，他们信口开河，无拘无束。维洛纳怀着莫大的敬意，开始向略感惊奇的英国人讲述英国诗歌的优美，深深惋惜古乐器的消失。里维埃尔——并不十分坦率地——向吉米说明法国机械师们所取得的成就。匈牙利人的洪亮声音正要尽情讥讽浪漫派画家的矫揉造作之时，塞古安把大家的话题引向了政治。这是大家都感兴趣的话题。在强烈的感染之下，吉米觉得他父亲身上那种久已泯灭的热情在他身上复活了：他最后竟使沉静的鲁思也激动起来。房间里的气氛越来越热烈，塞古安的工作也越来越难：甚至出现了个人攻击的危险。机敏的主人找机会举起了酒杯，要大家为博爱干杯，等大家饮罢之后，他不无含意地打开了一扇窗子。

那天夜晚，这城市戴上了一个首都的面具。五个年轻人沿斯蒂芬绿地公园散步，空中飘散着淡淡的芬芳的烟雾。他们兴高采烈地大声交谈，披在肩上的外衣晃来晃去。其他的人都为他们让路。在格拉夫顿大街的拐角，一个矮胖的男人正在送两个漂亮的女士上车，让另一个胖男人照料。汽车开走以后，矮胖男人看见了这群年轻人。

“安德烈。”

“是法利呀！”

接下来是一阵热烈的交谈。法利是个美国人。谁也不大清楚他们谈了些什么。维洛纳和里维埃尔嚷嚷得最厉害，但所有的人都很兴奋。他们跳上一辆汽车，互相挤在一起，发出一阵阵笑声。他们驶过人群，和着欢快的音乐钟声，现在融进了柔和的色彩之中。他们在威斯特兰街搭上火车，吉米觉得，只过了几秒钟他们便走出了金斯镇车站。收票员是个老头儿，他向吉米致敬：

“晚上好，先生！”

那是个晴朗的夏夜；海湾躺在他们脚下，像一面变黑了的镜子。他们挽着胳膊向海湾走去，齐声高唱《军校学员卢塞尔》，每唱到“嗬！嗬！嗬嗨，真的！”时便一起跺脚。

他们在码头旁边登上一条小船，向那个美国人的游艇划去。游艇上有晚餐、音乐和牌局。维洛纳深信不疑地说道：

“一定会非常开心！”

游艇的舱里有一架钢琴。维洛纳为法利和里维埃尔弹了一曲华尔兹，法利扮演骑士，里维埃尔扮演淑女。接着是即兴方形舞，自创舞步。多么快活！吉米跳得很起劲；这至少是见识生活。后来法利跳得喘不过气来，便喊叫“别跳了！”一个男人端来了简便的晚餐，出于礼貌，这些年轻人便坐下吃了一些。不过他们都喝了酒：还真有些波希米亚的情调。他们为爱尔兰、英格兰、法国、匈牙利和美利坚合众国而干杯。吉米发表了一通演说，演说很长，每当他停顿一下，维洛纳便喊叫“听呀！听呀！”他讲完坐下来时，响起了一阵热烈的掌声。那一定是篇精彩的演说。法利拍拍他的背，大声笑了起来。多快活的弟兄们！多好的伙伴呀！

打牌！打牌！桌子整理好了。维洛纳默默地回到钢琴旁边，为他们弹奏即兴曲助兴。其他人一局又一局地玩牌，大胆地投入冒险。他们为红桃王后和方块王后的健康干杯。吉米隐隐感到缺乏观众：智力正在闪光。牌赌得很大，票据开始传递。吉米不十分清楚谁在赢钱，但他知道自己在输。不过那是他自己的过失，因为他常常把牌弄错，其他人还得替他计算借据。他们都是些精力充沛的家伙，可是他希望他们停止：夜已经深了。有人提议为“新港美人”号游艇干杯，接着又有人提出赌一盘大的结束。

钢琴早就停了；维洛纳一定是到甲板上去了。这是一场可怕的赌博。就在牌局结束之前他们停了下来，举杯互祝好运。吉米知道这场牌的输赢在鲁思和塞古安之间较量。多有意思啊！吉米也非常兴奋；当然，他自己会输。他下了多大的赌注呢？大家站起身来玩最后一招，边谈边指手画脚。鲁思赢了。船舱随着这些年轻人的欢呼而摇晃，纸牌被收在了一起。然后他们开始计算到底赢了多少。法利和吉米是最惨的输家。

他知道次日早晨他会后悔的，但此时他高兴能够休息一下，高兴昏暗麻木会掩盖他的愚笨。他臂肘倚着桌子，双手捧着脸，数着太阳穴的跳动。舱门打开了，他看见那个匈牙利人站在一缕灰白的晨曦之中：

“天亮了，先生们！”

两个浪汉

八月，灰色温暖的夜晚已经降临到这座城市，街道上流散着一种柔和温暖的气息，一种夏日的记忆。由于星期天休息，商店关门，街道上到处是身着盛装的人群。街灯像发光的珍珠，从高高的电杆的顶端照射着下面活动的群体图形，它们不断改变形状和颜色，将单调的、不绝于耳的低声细语抛向暖洋洋的灰色夜空。

两个年轻人从鲁特兰广场的小山上走下。其中一个正在结束一篇长长的独白。另一个走在小路边上，由于他同伴的鲁莽几次不得不走上马路，但带着一脸听得津津有味的表情。他长得很结实，而且容光焕发。他的后脑勺上挂着一顶驾快艇用的帽子，他听着同伴讲的故事，脸上激起不断起伏变幻的表情，从他的鼻子、眼睛和嘴角上溢出。哧哧的笑声不停地迸发出来，笑得前仰后合。他那双闪烁着狡诈的喜悦的眼睛，无时无刻地瞟视他同伴的面孔。他像斗牛士那样把轻便雨衣斜披在肩上，有一两次重新整理了一下。他的马裤，他的白胶鞋，以及他潇洒地披在肩上的雨衣，都显示出青春的气息。但他的腰部已经发粗，头发稀疏灰白，脸部在激动的表情消失之后也显出憔悴的神色。

当他确信故事讲完之后，不出声色地足足笑了半分钟的时间。然后他说：

“好！……真是妙极了！”

他的声音似乎充满了活力；为了加强语气，他幽默地补充说：

“真的是独一无二，绝妙之极，如果我可以这么说的话，真该给个特等奖！”

说完这话以后，他变得严肃而沉默。他的舌头发硬，因为整个下午他都在多塞特街一个酒店里磨牙。大部分人都认为莱尼汉是个吸血鬼，但尽管有这样的名声，由于他的机敏和辩才，他的朋友很难形成反对他的一致意见。他常常大胆地闯进他们聚会的酒吧，大胆而机灵地待在他们旁边，直到他也被请过去一起喝酒。但他是个游手好闲的流浪汉，肚里装着许多故事、打油诗和谜语。他脸皮很厚，对各种不礼貌的举止都毫不在乎。谁也不知道他何以过着这样困顿的生活，但他的名字似乎和赛马组织有什么关系。

“你在什么地方搞上她的，科尔利？”他问。

科尔利很快地用舌尖舔了舔上嘴唇。

“一天晚上，哥们儿，”他说，“我正沿着戴姆街闲逛，看见水站的钟底下站着个挺不错的风流女子，便上去跟她说了声晚安，这你知道的。于是我们一起在运河边上散了一圈步，她告诉我她在巴格特街一个人家里当用人。我用胳膊揽着她，当天晚上就使劲搂了她一把。第二个星期天，哥们儿，我们约好了见面。我们到了城外的多尼布鲁克，我把她带进了那里的一片田野。她告诉我，过去她常跟牛奶场的一个男工在一起……真是不错，哥们儿。每晚她都带香烟给我，还付往返的电车钱。一天晚上，她带了两支绝好的雪茄给我——啊，真是绝好的雪茄，你知道，就是老家伙常抽的那种……我担心，哥们儿，她会怀上孕的。但她自有办法。”

“也许她觉得你会跟她结婚，”莱尼汉说。

“我告诉她我没有工作，”科尔利说。“我对她说我住在皮姆家里。她不知道我的名字。我太毛躁，没有告诉她。不过她觉得我有点上层阶级的样子，你知道。”

莱尼汉无声地笑了起来。

“在我听到过的小妞儿当中，”他说，“这真是最好的了。”

科尔利走路的步态承认了这番赞赏。他粗壮的身躯东摇西晃，使他的朋友不得不几次在人行道和马路之间跳来跳去。科尔利是警长的儿子，他的身材和步态与他父亲的一脉相承。他走路时双手在两侧前后摆动，身体挺直，脑袋左右晃动。他的头又大又圆，油光光的；不论什么气候都会冒汗；他那顶大的圆帽歪向一边，好像从一个灯泡上又长出一个灯泡。他总是注目向前，仿佛是在游行；当他想注视街上某个人时，他必须先扭动屁股转过身子。目前他无所事事，在城里到处游荡。只要有招工的事，他的朋友总是随时劝他去干。人们常常看见他和便衣警察走在一起，热烈地交谈。他知道各种事件的内幕，而且喜欢提出最后的判断。他谈话时只管自己讲，不听对方说些什么。他主要讲他自己：他对某某人说了什么，某某人对他说了什么，他说了什么才解决了问题。当他把这些对话告诉别人时，他用佛罗伦萨人的方式念自己名字里的第一个字母的读音。

莱尼汉递给他朋友一支烟。当两位年轻人继续穿过人群前行时，科尔利时不时地转过身，对某个经过的女孩微笑，但莱尼汉的目光却一直盯着浑黄的、大大的月亮，它的周围环绕着双重晕圈。他聚精会神地注视着灰色的云掠过月面，使它散射出网状的昏光。终于他说：

“喂……告诉我，科尔利，我想这次你能顺利实现吧，呃？”

科尔利颇有意味地闭起一只眼睛作为回答。

“她会那样做吗？”莱尼汉半信半疑地问。“你永远摸不透女人的心思。”

“她没有问题，”科尔利说。“我知道怎样拢住她，哥们儿。她有点离不开我了。”

“你真是我说的那种风流浪子，”莱尼汉说。“一个地地道道的情场老手！”

一丝嘲弄的意味使他摆脱了被动的姿态。为了保持面子，他惯于为自己的奉承话留个尾巴，进行嘲讽的解释。可惜科尔利的头脑没那么敏感。

“要找女人最好就是找一个好的女用人，”他肯定地说。“你完全可以相信我。”

“玩够了各种女人的家伙才会这么说话，”莱尼汉说。

“起初，我常和女孩子们来往，你知道，”科尔利坦率地说；“就是南市区的那些姑娘。我常常带她们坐电车出去，哥们儿，由我付电车票钱；或者带她们去听音乐，到剧院去看戏，或者给她们买些巧克力和糖果，或者买些什么别的东西。我过去在她们身上花了不少钱呢，”他以一种令人信服的语气补充说，仿佛他意识到别人会不相信似的。

但莱尼汉倒深信不疑；他一本正经地点了点头。

“我知道那种把戏，”他说，“那是傻瓜才玩的把戏。”

“我从中得到的是他妈的什么呀，”科尔利说。

“可不是嘛，”莱尼汉说。

“只从她们当中一个人身上得了点甜头，”科尔利说。

他用舌尖舔了舔上嘴唇。对往事的回忆使他的眼睛亮了起来。他也注视着现在几乎被浮云遮住的灰白的月亮，看上去若有所思。

“她是……有点意思，”他有些懊悔地说。

他又沉默下来。然后他补充说：

“现在她成了婊子。一天晚上，我看见她和两个男人一起坐在汽车里，沿伯爵街驶去。”

“我想那是你干的好事，”莱尼汉说。

“在我之前她还有其他男人，”科尔利无所谓地说。

这一次莱尼汉觉得不可信了。他来回摇了摇头，笑了起来。

“你知道，你骗不了我的，科尔利，”他说。

“对天发誓！”科尔利说。“难道还不是她亲口告诉我的？”

莱尼汉做了个无可奈何的手势。

“卑鄙的背叛者！”他说。

当他们沿着三一学院的栏杆走过时，莱尼汉跳到了马路上，抬头注视着大钟。

“过了二十分钟，”他说。

“有足够的时间，”科尔利说。“她一定会在那里。我总是让她等一会儿。”

莱尼汉默默地笑了。

“真有你的！科尔利，你知道怎样应付她们，”他说。

“我知道怎么应付她们各种各样的小花招，”科尔利承认。

“可是，告诉我，”莱尼汉又说，“你真有把握弄到手吗？你知道这事会千变万化。到了节骨眼上，她们会非常认真。哎？……怎么办？”

他那双明亮的小眼睛在他同伴的脸上看来看去，探究有没有把握。科尔利来回地摇着头，好像要甩掉一只贴住他不去的小虫，然后皱起了眉头。

“我会成功的，”他说。“你别管了，好不好？”

莱尼汉不再说话。他不想惹他的朋友发火，也不想挨骂，说他的意见没人要听。多少需要圆滑一点。不过，科尔利皱着的眉头很快又舒展开来。他的思想跑到另一条路上去了。

“她是个漂亮有礼貌的小妞儿，”他赞赏地说；“她确实是那样的小妞儿。”

他们沿纳索街走着，然后转到了基尔代尔大街。离俱乐部门廊不远的地方，一个弹竖琴的人站在路上，正在对一小圈听众弹琴。他漫不经心地拨弄着琴弦，不时朝每个新来的听众瞥上一眼，还不时懒洋洋地望望天空。琴罩已经快掉到地上，竖琴毫不在乎，仿佛厌倦了那些陌生听众的眼睛和她主人的手指。琴师的一只手在低音弦上弹出《啊，安静，莫伊尔》，另一只手在每组音之后便在高音弦上疾驰。曲调听起来深沉而圆润。

两个年轻人在街上默默地走着，哀伤的音乐在身后回荡。他们走到斯蒂芬绿地公园，然后横穿过马路。这里电车的嘈杂声，灯光和人群，打破了他们的沉默。

“她在那儿！”科尔利说。

在休姆街的拐角，站着一位年轻的女子。她身穿蓝色的衣服，戴一顶白色的水手帽。她站在石头马路沿上，一只手里晃着把阳伞。莱尼汉来了兴致。

“让我们看看她，科尔利，”他说。

科尔利扭头看了一眼他的朋友，脸上露出不高兴的冷笑。

“你是不是想插一腿？”他问。

“去你妈的！”莱尼汉粗鲁地反驳，“我又不要别人介绍认识她。我只是想看看她。不会吃掉她的。”

“哦……看看她？”科尔利说，语气友好多了。“好吧……我告诉你怎么办。我过去跟她说话，你可以从旁边走过去。”

“就这么办！”莱尼汉说。

科尔利刚刚把一条腿跨过铁链，莱尼汉便喊了起来：

“过后呢？我们在什么地方碰头？”

“十点半，”科尔利回答，另一条腿也迈过了铁链。

“在什么地方呀？”

“在梅里恩街的街口。我们会回来的。”

“祝你干得顺利，”莱尼汉分手时说。

科尔利没有回答。他摇晃着脑袋，悠闲自得地走过马路。他魁梧的身材，潇洒的步伐，还有他的皮靴坚实的声响，都显出某种征服者的神态。他走近那年轻的女郎，没有任何寒暄便跟她交谈起来。她更快地晃动着她的阳伞，脚跟半旋着转来转去。有一两次，当他凑近她说话时，她笑着低下了头。

莱尼汉看了他们几分钟。然后他离开铁链，迅速地沿着它走去，接着便斜穿过马路。当他走近休姆街拐角时，发觉空气里有一股浓郁的香味，他迅速而急切地对那年轻女郎的容貌作了一番审视。她穿着假日的盛装。蓝色的哔叽裙子在腰部用一条黑皮腰带系住。腰带上的大银扣子仿佛把她身体的中部压陷了下去，像夹子似的夹住了薄质料的白色上衣。她穿一件镶着螺钿扣子的黑色短外衣，脖子上围着一条边饰参差的黑色围巾。她故意把薄纱围巾的两端松开，胸前别上一大束花枝向上的红花。莱尼汉不无赞许地注视着她那矮胖而强健的身躯。她发光的面庞，饱满红润的双颊，以及她那双毫不羞怯的蓝眼睛，都显示出一种不加掩饰的原生的健康。她的面貌是直线条的。脸上长着一对大鼻孔，嘴巴宽阔，递送满意的秋波时嘴巴张开，露出两颗前凸的门牙。莱尼汉走过时脱帽致意，大约过了十秒之后，科尔利也向空中回了个礼。其实他只是稍微举了举手，若有所思地改变了一下他帽子的角度。

莱尼汉向远处走去，一直走到谢尔本旅馆才停下来等候。等了不久，他便看见他们朝他走来，他们右转之后，他跟在他们后面，穿着白鞋的双脚轻踩轻迈，沿梅里恩广场的一边走去。他慢慢地走，和他们保持同样的速度，一面注视着科尔利，他的脑袋不停地凑向那年轻女子的脸，像一个大球绕着轴转动。他一直盯着这对年轻人，直到他们登上开往多尼布鲁克的电车；然后他转过身，沿原路回去。

现在他孤独一人，脸也显得老了一些。他的喜悦似乎消失了，因此当他来到公爵家草坪的栏杆旁边时，便把一只手顺着栏杆滑动。竖琴艺人演奏的曲子开始支配他的举止。他的脚随着曲调轻轻地踏着拍子，在每组曲调之后，他的手指沿栏杆猛地空滑过去，仿佛是一曲变奏。

他茫然地绕着斯蒂芬绿地公园漫步，然后走上了格拉夫顿大街。他穿过人群，注意到形形色色的人们，但眼里却显出郁闷的神色。他觉得一切可能使他着迷的东西都索然无味，对那些招引他大胆的媚眼也置之不理。他知道他得说一大堆废话，编造故事，逗女人开心，但他的脑子枯竭，喉咙干燥，担不起这样的任务。如何打发再见到科尔利之前这段时间也使他困扰。他想不出什么别的方式，只能不停地漫步。他走到拉特兰广场的拐角时转向左方，在昏暗宁静的街道上心情好得多了，因为街道上昏暗的景象适应了他的心情。最后，他在一家店铺的窗前停住，店铺的外观非常简陋，窗子上面印着白字招牌“小吃酒吧”。窗玻璃上写着两行草体字：“姜汁啤酒”和“姜汁汽水”。窗子里面一个大的蓝色盘子里放着切好的火腿，旁边一个盘子里盛着一块薄薄的葡萄干布丁。他盯着这些食物看了一会儿，然后小心地前后左右看了看街上，迅速走进了店里。

他已经很饿，因为除了他请两位小气的牧师带给他的几块饼干之外，从早餐到现在一直没吃东西。他坐在一张没有桌布的木桌旁边，面对着两个女工和一个技工。一个邋遢的女招待过来为他服务。

“豌豆多少钱一盘？”他问。

“一个半便士，先生，”那姑娘回答。

“给我来一盘豌豆，”他说，“再来一瓶姜汁啤酒。”

他说话显得粗野，为的是掩饰他的斯文样子，因为他一进来店里的谈话跟着就停了。他脸上发烧。为了显得自然一些，他把头上的帽子推到后边，一双臂肘放在桌上。技工和两个女工从头到脚仔细打量了他一番，然后压低声音恢复了他们的谈话。女招待端来一盘加了胡椒和醋的热豌豆，拿来一把叉子和一瓶姜汁啤酒。他狼吞虎咽，觉得好吃极了，不禁在心里记下了这家店铺。他吃完豌豆，呷着他的姜汁啤酒坐了一会儿，想着科尔利的艳遇。在想象中，他看见这对情人沿着一条昏暗的路漫步；他听到科尔利深沉有力的声音向那女的大献殷勤，还看见那女的嘴上会心的一笑。这景象使他深切感到自己在物质和精神上的贫乏。他厌倦了四处游荡，在贫困中挣扎，厌倦了耍手腕、搞诡计。到十一月他就三十一岁了。难道他永远找不到一个好的工作吗？他永远不会有个自己的家吗？他想，要是能坐在温暖的火炉旁边，吃上美味的晚餐，那该多么惬意呀。他和朋友或女人们在街上闲逛实在是太久了。他知道那些朋友是什么货色，他也知道那些女人是什么货色。生活的经历加深了他内心对这世界的怨愤。但他并没有失去所有的希望。他吃完之后觉得比吃前好得多了，不再那么厌倦自己的生活，精神也不那么沮丧了。如果他能碰到一个心地善良纯朴而且有点小积蓄的姑娘，也许他还能够建立一个舒适的小家庭，过上幸福的生活。

他付给那个邋遢的姑娘两个半便士，然后走出店铺，又开始他的漫步。他走进凯普尔大街，向市政厅走去。然后他拐进了戴姆大街。在乔治街的街口，他碰到了两个朋友，便停下来与他们交谈。他很高兴他能从持久的漫步中停下来休息一会儿。他的朋友问他是否见到科尔利，最近的情况如何。他告诉他们自己同科尔利在一起待了一天。他的朋友很少说话。他们茫然地注视着人群中的某些人，有时还挑剔地评论一番。其中一个说他一小时前在威斯特摩兰街看见了麦克。对此莱尼汉说他前天晚上在伊根酒店和麦克待在一起。那个说在威斯特摩兰街看见麦克的年轻人便问是否真的麦克打台球赢了钱。莱尼汉不知道：他说郝勒汉曾在伊根酒店请他们喝酒。

九点三刻，他离开他的朋友，向乔治街走去。他在“城市商场”左转，走进格拉夫顿大街。这时青年男女的人群已经渐少，当他沿街上行时，他听到许多人群和一对对恋人互道再见。他一直走到外科医学院的大钟附近：它正好敲响十点。他立刻急匆匆地沿着草地的北边走去，唯恐科尔利会提前返回。走到梅里恩大街的拐角时，他站到了一盏路灯的灯影下面，掏出一支他留下来的香烟，抽了起来。他靠在路灯杆上，眼睛死死地盯着他预料科尔利和那年轻女子归来的地方。

他的思想又活跃起来。他猜想科尔利是否进展顺利。他猜想他是否已经向她提出要求，或者他宁可留到最后再说。他似乎设身处地地分享着他朋友的痛苦和刺激，就像那是他自己的一样。然而，想到科尔利慢慢地转动脑袋的样子，他多少平静了一些：他确信科尔利会顺利实现。突然，他觉得科尔利也许会从另一条路送她回家，撇了他了。他的眼睛在街上搜来寻去：没有他们的影子。可是，从看见外科医学院的大钟到现在足足有半个小时了。科尔利会干那样的事吗？他点上最后一支烟，开始不安地抽了起来。每当一部电车在广场的远角停下来，他都睁大眼睛观望。他们一定是从另一条路上回家了。他的香烟纸破了，他骂了一句把烟扔在了路上。

忽然，他看见他们朝他走来。他兴奋起来，紧紧靠着灯柱，试图从他们走路的神态解读他们幽会的结果。他们走得很快，年轻女子走的是急碎步，科尔利则迈着大步紧跟在她旁边。他们好像并没有说话。一种对结果的暗示像针尖一样刺疼了他的心。他知道科尔利会失败的；他知道这一次完了。

他们转向巴格特大街，他赶紧走另一条人行道跟在他们后边。他们停下时他也停下。他们谈了一会儿，然后那年轻女子走上台阶，走进一家宅院。科尔利仍然站在人行道的边上，离门前的台阶稍微有点距离。几分钟过去了。接着门厅的门慢慢地、小心地被人打开。一个女人跑下门前的台阶，一边咳嗽。科尔利转过身向她走去。他宽大的身躯把她遮住了，有几秒钟看不见她，等她再出现时正跑上台阶。她一进去门就关上了，于是科尔利开始迅速地向斯蒂芬绿地公园走去。

莱尼汉赶紧往同一方向奔走。一些雨点飘落下来。他把这些雨点当作警示，回头看了看那姑娘进去的房子，确信没有人看着他，便急切地跑过了马路。焦急和快跑使他气喘吁吁。他高声喊道：

“喂，科尔利！”

科尔利回过头看看是谁在喊他，然后像原先那样继续前行。莱尼汉跑着追他，用一只手把雨衣披到肩上。

“嗨，科尔利！”他又喊了一声。

他终于追上了他的朋友，仔细地观察他的面孔。但他什么也看不出来。

“怎么样？”他问。“成功吗？”

他们已经到了伊莱广场的角上。科尔利仍然没有回答，他竟左转走进了一条小街。他的面容显得镇定而平静。莱尼汉紧跟着他的朋友，不安地喘着粗气。他困惑不解，说话时透出一种逼迫的声调。

“难道你不能告诉我们？”他说。“你到底试过她没有？”

科尔利在第一盏路灯处停下，冷冷地盯着他的前面。然后他以一种严肃的手势把手伸向灯光，微微地笑着，慢慢地把手打开，让他的门徒细看。一枚小小的金币在他的掌心里闪烁。

公　寓

穆尼太太是个屠宰商的女儿。她是个能够独自处理事务的女人：一个果断的女人。她嫁给父亲手下的一个工头，在“春园”附近开了一家肉店。但岳父一死，穆尼先生便开始走上了邪路。他酗酒，从钱柜里偷钱，欠了一屁股债。让他发誓戒酒也毫无用途：过不了几天他就会违背誓言。由于他当着顾客的面跟老婆打架，还卖坏肉，他把自己的生意给毁了。一天晚上，他拿着屠刀去要挟他的老婆，她不得不躲到邻居家里去睡觉。

此后他们就分居了。她去找神父，和他离了婚，孩子由她照顾。她一点钱也不给他，吃的住的一概不管；于是他不得不申请去警局当个杂差。他是个衣衫褴褛、畏畏缩缩、不名一文的醉汉，白脸、白胡子、白眉毛，眉毛像是用眉笔画的似的，下面长着一双浑浊的布满血丝的小眼睛；他从早到晚整天坐在法警的屋里，等候分派工作。穆尼太太是个高大而庄严的女人，她把她在卖肉生意中剩下的钱取出来，在哈威克街开了一家提供膳食的公寓。她的公寓有一些流动的房客，多是从利物浦和曼岛来的游客，偶尔也有从音乐厅来的“艺术家”。长期房客都是在城里做事的职员。她对公寓的管理精明而严格，知道什么时候赊账，什么时候苛刻，也知道什么时候听之任之。所有常住的年轻房客都称她“太太”。

穆尼太太的年轻房客每周付十五先令，包括吃住（但不包括啤酒或烈性黑啤酒）。他们有共同的兴趣和职业，因此彼此相处得十分融洽。他们互相讨论成功和失败的机会。穆尼太太的儿子杰克·穆尼是弗里特街上一家代理商的职员，他的难缠是出了名的。他喜欢讲士兵常说的那种下流话：通常他过了午夜才回家。他遇到朋友时，总会对他们说一句新的下流话，而且他总是确切地知道什么话对他们新鲜——譬如说，一匹有希望的马或可能走红的“艺人”。他善于打棒球，也会唱幽默歌曲。星期天晚上，穆尼太太的前厅里常有联欢会。音乐厅的“艺术家们”总来义演；谢立丹演奏华尔兹和波尔加，或者为唱歌者伴奏。穆尼太太的女儿珀丽·穆尼也来唱歌。她唱道：

“我是个……淘气的姑娘。
你不必假装：
你知道我是那样。”

珀丽是个十九岁的苗条少女；她有一头柔软的浅色秀发，还有一张丰润的小嘴。她的眼睛灰中泛绿，跟人说话时习惯于往上看，使人觉得她像是个倔强任性的小姑娘。穆尼太太原先曾把女儿送到一家谷物代理商的办公室里当打字员，但因一个声名狼藉的警员每隔一两天就到办公室去骚扰，要求跟他女儿说几句话，穆尼太太便又把女儿带回家里，让她做些家务。由于珀丽十分活泼，她的意图是让她跟那些年轻人接触接触。再说，年轻人也喜欢觉得身边有个年轻的姑娘。当然，珀丽也跟那些年轻人调情卖俏，但穆尼太太像个精明的法官，知道那些年轻人只不过是消磨时间：他们谁也不认真行事。事情这样继续了好长时间，后来穆尼太太又想把珀丽送去打字时，她发现珀丽和其中一个年轻人之间真的有某种关系在发展。她注视着这对年轻人，没有表示自己的意见。

珀丽知道自己受着监视，但她母亲一直保持沉默不可能被她误解。母女之间不可能公开同谋，也不可能把话挑明，但是，尽管公寓的人开始谈论这件风流韵事，穆尼太太却仍然不加干预。珀丽的举止开始有些异样，那个年轻人也明显地焦躁不安。最后，当穆尼太太断定时机已到时，她出面干预了。她处理道德问题就像屠夫切肉：对这件事她已经拿定了主意。

那是初夏一个晴朗的星期天早晨，可能会变得很热，但有一股清新的微风吹来。公寓里的窗子全都打开了，在推起的窗扉下面，带花边的窗帘微微隆起，像气球似的向街上飘舞。乔治教堂的钟楼传出一连串的钟声，信徒们有的单人独行，有的三五成群，穿过教堂前的圆形小广场，不用看他们戴手套的手上拿的小册子，单是他们自持自重的举止就表明了他们的目的。公寓里的早餐已过，早餐的桌子上杯盘狼藉，盘子上留着蛋黄的缕缕痕迹和一片片肥熏肉及肉皮。穆尼太太坐在淡黄色的安乐椅里，看着女仆玛丽收拾早餐桌子。她让玛丽把吃剩的面包皮和碎片收集起来，以便用来做星期二的面包布丁。待桌子清好，碎面包收集起来，糖和黄油也锁好之后，她开始回想头天晚上她与珀丽的谈话。事情正如她所猜想的那样：她坦率地提出问题，珀丽坦率地作了回答。当然，两人都多少有点尴尬。母亲尴尬是因为她不想过于爽快地接受这个消息，或者说不想使人觉得她有纵容之嫌；珀丽尴尬不仅因为一提起那种事就使她不自然，而且还因为她不想让人觉得以她的聪明天真她已经看穿了母亲宽容背后的意图。

穆尼太太本能地瞥了一眼壁炉台上的小镀金闹钟，她立刻从沉思中醒过来，意识到乔治教堂的钟声已经停止。十一点十七分：她有足够的时间与多伦先生谈清楚这事，然后在十二点之前赶到马尔波罗街。她确信她会成功。首先，社会舆论会倾向于她这一边：她是个受了伤害的母亲。她让他住在自己的家里，以为他是个高尚的人，而他竟滥用了她好客的热心。他已经三十四五岁了，因此青春年少不能作为他的借口；天真无知也不能作为他的托词，因为他是个已经见过些世面的人了。他完全利用了珀丽的年幼无知：那是很明显的。问题是：他怎样补偿？

对这件事一定要补偿。男的倒是一切都很好，图一时快乐，可以一走了之，仿佛什么都不曾发生；可是女的却要承担重重的压力。有些做母亲的，只要得一笔钱作为补偿也就心满意足；这事她见得多了。但她决不会这么做。她认为能够挽回她女儿名誉的唯一补偿是：结婚。

她把手上所有的牌又数了一遍，然后派玛丽上楼告诉多伦先生，说她想和他谈谈。她相信她一定会赢。她是个严肃的年轻人，不像其他人那样，放荡不羁，大声招摇。如果男的是谢立丹先生或米德先生或者班特姆·赖昂斯先生，她要处理起来就棘手多了。她觉得他不愿意把事情公开。所有的房客都多少知道这事；有些人还制造了一些细节。再说，他在一家信天主教的大酒商的公司里干了十三年了，公开之后也许意味着他会失去工作。然而如果他同意结婚，一切都平安无事。她知道他的薪水不低，估计他可能还有些积蓄。

快十一点半了！她站起身，对着穿衣镜把自己打量了一番。她红润的大脸盘儿上那副果断的表情使她颇为满意，她想起了她认识的一些母亲，她们总是无法把自己的女儿嫁出去。

这个星期天上午，多伦先生确实非常不安。他曾两次想刮刮脸，但他的手抖得厉害，结果只好作罢。他发红的胡子三天没刮了，像流苏一样挂在下巴上；而且，每过两三分钟，雾气便积聚在他的眼镜上，他不得不摘下来，用手绢擦拭。回忆起前天晚上自己的忏悔，他禁不住心如刀割；牧师把那件事的每一个可笑的细节都从他口中引出，最后说他的罪孽实在深重，以致他几乎要感谢那牧师给他指出一线补偿的机会。已经造了孽。现在除了结婚或逃走，他还能做什么呢？他不能厚着脸皮活下去。人们肯定会议论这件事，他的老板一定也会听到对这事的议论。都柏林是这么小的一个城市：每一个人都了解其他每个人的底细。在他狂热的想象中，他似乎听到利奥纳德老先生粗声粗气地喊道："请把多伦先生带过来。"这时，他觉得他的心热乎乎地跳到了嗓子眼上。

这么些年他的工作全都白干了！辛苦勤劳也化为乌有！诚然，作为一个年轻人，他放荡过；他曾鼓吹自己的自由思想，在酒店里对他的同伴公开否认上帝的存在。但是，那一切都过去了，几乎……完全放弃了。他仍然每周买一份《雷诺兹报》，但他很注意承担自己的宗教责任，而且一年中十分之九的时间他都过着规规矩矩的生活。他有足够的钱成家；这不是问题的关键。关键是家里会看不起她。首先她有个声名狼藉的父亲，其次她母亲的公寓也开始有了点名声。他好像有一种被人挟持的感觉。他可以想象他的朋友们如何谈论这件事，如何嘲笑他。她实在是有点粗俗；有时她竟说些不合语法的错话。可是如果他真的爱她，语法有什么关系呢？就她已经做的事来说，他拿不准到底是爱她还是鄙视她。当然，这事他自己也做了。他的本能力促他保持自由，不要结婚。一旦你结了婚你就完了，它说。

当他穿着衬衫和裤子无助地坐在床边时，她轻轻地敲了敲他的门走了进来。她将事情和盘托出，说她事情的前前后后全都告诉了她母亲，她母亲今天上午要找他谈谈。她哭了，双臂搂住他的脖子，说道：

"啊，鲍勃！鲍勃！我该怎么办呀？我到底该怎么办呀？"

她不想活下去了，她说。

他无力地安慰她，叫她别哭，告诉她事情会处理好的，用不着害怕。他感到她的胸脯贴着他的衬衫在起伏。

发生这事并非全是他自己的过错。由于单身男人奇特而持久的记忆力，他还清楚地记得，她的衣服、她的呼吸、她的手指无意中对他的初次触摸。后来，一天深夜，他正在脱衣服准备上床，她羞怯怯地敲响了他的门。她想借他的蜡烛点燃自己的蜡烛，因为她的蜡烛让一阵风给吹灭了。那天晚上她洗了澡，穿着一件印花法兰绒做的宽松开胸的花边睡衣。她的白脚背从毛皮拖鞋的开口露出，闪闪发光；在她涂了香水的皮肤下面，热血充盈。当她点燃蜡烛拿手稳住时，她的双手和手腕也散发出一股幽香。

每逢他迟归的晚上，总是她为他热饭。在这夜深人静、人们正在熟睡的公寓里，由于觉得只有她一个人待在身边，他几乎不知道自己在吃些什么。她多么体贴人啊！如果遇上天冷、下雨或刮风的夜晚，一定会有一小杯美酒等他。也许他们在一起会幸福的……

他们常常踮着脚尖一起上楼，每人手里拿一支蜡烛，在第三层楼梯处依依不舍地互道晚安。他们常常接吻。他清楚地记得她的眼睛，她的手的抚摸，以及他的极度兴奋……

但是极度的兴奋消失了。他重复着她说的话，把她的话用于自己："我该怎么办？"单身汉的本能警告他回头是岸。但罪孽已经铸成；甚至他的荣誉感也告诉他必须为这样一种罪孽作出补偿。

当他和她一起坐在床边时，玛丽来到门口，告诉他女主人想在客厅里见他。他站起身，穿上他的外套和背心，显得比任何时候都更加孤弱无援。他穿好衣服之后，走到她身边安慰她。一切都会好的，不用担心。他离开她，留下她在床上哭泣，她轻轻地呻吟着："啊，我的上帝！"

下楼之际，他的眼镜因潮湿又变得模糊不清，不得不摘下来擦拭。他渴望朝上穿过房顶，飞到另一个国家，在那里再也听不到他的烦恼，然而有某种力量推着他一步步走下楼梯。他的老板和女主人两张严厉的面孔盯着他的窘相。在最后一段楼梯上，他与杰克·穆尼擦肩而过。杰克刚从食品间出来，揣着两瓶"巴斯"啤酒上楼。他们冷冷地互相打了个招呼；大约有一两秒钟，这情人的眼睛看着那张残横凶狠的脸和一双又粗又短的胳膊。到了楼梯脚下，他向上瞟了一眼，看见杰克正从返回房间的通道上盯着他。

突然，他想起来了，有天晚上，一个从音乐厅来的"艺术家"，一个黄发碧眼、个子瘦小的伦敦人，曾相当放肆地谈到珀丽。杰克暴跳如雷，几乎把联欢会给搅了。大家都劝他不要动气。那位"艺术家"脸色比平时苍白，不停地赔着笑脸说他毫无恶意：但杰克仍然对他大吼大叫，声言谁要敢对他妹妹玩那种游戏，他一定用牙齿咬断他的喉咙，他会这么做的。

* * * * *

珀丽哭哭啼啼在床边坐了一会儿。然后她擦干眼泪，走到镜子前面。她把毛巾的一头在水盆里浸湿，用冷水擦洗了一下眼睛。她侧过身照照自己，整了整她耳朵上面的发卡。随后她又走到床边，在床脚边坐了下来。她对着枕头望了很久，这景象在她脑海里唤醒了那些神秘而温馨的回忆。她把颈背靠在凉冰冰的铁床架上，陷入了梦幻之中。她的脸上再也看不见什么烦恼的表情。

她耐心地等待着，几乎是欢欢喜喜，毫无惊恐之状，她的回忆渐渐变成了对未来的希望和憧憬。她的希望和憧憬纵横交错，她再也看不见她盯着的白色枕头，也忘记了她在等待着什么。

她终于听到了母亲的叫声。她跳起来，跑向楼梯的栏杆。

“珀丽！珀丽！”

“什么事，妈妈？”

“下来，亲爱的。多伦先生想跟你谈谈。”

这时，她记起了她一直在等待着什么。

一小片阴云

几年前，他曾在诺斯华尔为朋友送行，祝朋友一路顺风。加拉赫也真的一帆风顺。从他走过许多地方、见过世面的神态，从他剪裁得体的花呢西服，还有他充满自信的语调，你立刻可以断定他获得了成功。很少人有他那样的才干，而成功后仍能保持本色的人就更少。加拉赫心地纯正，他应该成功。有他这样一个朋友真值得庆幸。

午饭以后，小钱德勒一直想着他与加拉赫的见面，加拉赫的邀请，还有加拉赫居住的大城市伦敦。人们叫他小钱德勒，因为他使人觉得他长得矮小，其实他只比一般人的身材略微小些。他的手又白又小，骨架子很单薄，说话慢声细语，举止温文尔雅。他特别注意保护他那漂亮的柔软光滑的头发和胡子，还常常在手绢上小心地洒上香水。他的指甲宛如半月，修剪得非常完美；每当他微笑的时候，你会瞥见一排像幼儿那样的雪白的牙齿。

他坐在王室法学会自己的办公桌旁边，想着八年来发生了多大的变化。他认识的这位朋友当年衣不蔽体，穷困潦倒，如今成了伦敦报界熠熠生辉的人物。他不时从他那令人厌烦的文书工作中抬起头，凝视办公室的窗外。晚秋落日的余晖照耀着草坪和小路，将柔和的金粉洒向衣着不整的保姆和在长凳上昏昏欲睡的衰弱的老人；余晖在所有移动的人们身上摇曳闪烁——包括沿着沙路奔跑呼叫的孩子们，还有穿过花园的每个行人。他望着这景象，思量着人生；（正如每当他思量人生时会出现的那样）他禁不住感伤起来。一种淡淡的哀愁笼罩着他。他感到与命运抗争毫无用途，这是千百年来历史留给他的智慧的重负。

他想起家里书架上的那些诗集。那都是他在结婚之前买的，有多少个夜晚，他坐在远离这大厅的小屋里，忍不住想从书架上抽出一本，为他的妻子念上几首。可是羞怯总使他踌躇不前；于是那些书一直待在书架上。有时候他独自背诵几行，这倒也使他感到安慰。

他的下班时间一到，他便小心翼翼地站起身，离开办公桌和他的同事。他从王室法学会那座带有封建色彩的拱门下走出，显得整洁而谦和，然后快步沿着亨利埃塔大街走去。金色的落日渐渐隐去，天气开始转凉。一群肮脏的孩子占据了街头。他们站在马路上或者在马路上奔跑，或者在敞着门的门前台阶上爬来爬去，或者像耗子一样蹲在门槛上。小钱德勒不理睬他们。他敏捷地找着路，穿过那群聚集如虫蚁般的生命，在荒凉的、幽灵似的大宅邸的阴影中前行，而这些大宅邸曾是旧时都柏林贵族们的寓所。但他无意去回忆过去，因为他的脑海里充斥着一种现时的欢乐。

他从未去过考莱斯酒店，但他知道这店名的身价。他知道人们看完戏后常去那里吃牡蛎喝酒；他还听说那里的服务员讲法文和德文。夜晚他匆匆路过那里时，曾看见出租车停在门口，浓妆艳抹的女人，在男士的殷勤陪伴下，从车里下来转身便走了进去。她们穿着鲜艳刺目的衣服，配着多种多样的衣饰。她们的脸上敷着粉，脚刚一着地便提起曳地的长裙，像是受了惊吓的阿塔兰达公主。他经常路过那里时连头都不回。他习惯快步在街上走路，甚至白天也如此；每当他发现自己深夜还在城里时，他更是又怕又兴奋地匆匆赶路。不过，有时他的恐惧也是自作自受。他选择最黑暗、最狭窄的街道，大着胆子往前走，脚步周围的静寂使他不安，游动的、不声不响的人影使他困扰；有时一阵低沉远去的笑声吓得他浑身哆嗦，像一片树叶似的。

他向右转向凯普尔大街。伊格纳提厄斯·加拉赫轰动了伦敦报界！八年前谁能想得到呢？不过，现在回首往事，小钱德勒仍能记起有许多迹象预示了他朋友的辉煌未来。人们常说伊格纳提厄斯·加拉赫很野。当然，那时他确实与一群浪荡子混在一起，饮酒无度，到处借债。最后，他卷进了某种见不得人的事件，某种金钱的交易：至少那是关于他为什么逃跑的一种说法。但是，谁也不会否认他的才干。在伊格纳提厄斯·加拉赫身上，总是有某种……令你无法忘记的东西。甚至在他穷困潦倒、一筹莫展之时，他也表现得颇有骨气。小钱德勒记得（这记忆使他脸上微微泛起骄傲的红晕）加拉赫走投无路时常说的一句话：

“还有一半时间，朋友们，”他总是轻松愉快地说，“我怎么没考虑到呢？”

那就是伊格纳提厄斯·加拉赫的真面目；可他妈的你决不能不佩服他。

小钱德勒加快了他的步伐。他生平第一次感到自己优于身边路过的人们。他也第一次对凯普尔大街的沉闷庸俗产生了反感。这是不容置疑的：要想成功你就得离开这里。在都柏林你什么都干不成。他路过格兰登桥时，俯视河水流向低处的码头，对那些简陋矮小的棚屋顿生怜悯。他觉得，它们像一群流浪汉，拥挤在河的两岸，破旧的外衣上沾满灰尘和煤末，在落日的普照下显得死气沉沉，等待着夜晚的第一股寒气叫它们站起来，让它们浑身颤抖，然后离去。他不知道他能否写首诗来表达自己的想法。也许加拉赫能帮他在伦敦的某家报纸上发表。他能不能写出有新意的东西呢？他说不清他想表达的是什么思想，但诗兴已在他身上出现的念头，像不成熟的希望那样激活了他的心。他昂首阔步地前行。

每一步都使他更靠近伦敦，更远离他自己那平淡无味的生活。一缕光芒开始在他心灵的地平线上摇曳。他还不是那么老——才三十二岁。他的性格可以说刚好成熟起来。有那么多不同的情绪和感受他希望用诗来表达。他感到它们就在自己的心中。他努力衡量自己的心灵，想看看它是不是诗人那种。他认为，忧郁是他性格的主调，但这是信念、屈从和单纯欢乐的循环出现所形成的一种忧郁。如果他能出版一部诗集把它表达出来，或许人们也会欣赏。他决不会成为著名诗人：他清楚地知道这点。他不可能影响大批的人，但或许可以与一小圈思想相近的人发生共鸣。也许英国批评家会认为他是个凯尔特派诗人，因为他的诗里充满了忧郁的情调；除此之外，他还会运用不少的引喻。他甚至开始想象他的诗集会得到什么样的评论：“钱德勒先生善写轻快优雅的诗歌。”……“一种幽思的哀伤弥散在这些诗里。”……“凯尔特派的情调。”可惜他的名字不能更像爱尔兰人的名字。也许在姓的前面加上他母亲的名字会更好一些：托马斯·梅隆·钱德勒；或者再进一步，写成T·梅隆·钱德勒。他会跟加拉赫商量这件事。

他沉迷在自己的幻想之中，走过了他要去的街道，不得不折回来。当他走近考莱斯酒店时，先前的那种不安又支配了他，他犹豫不定地在门前停了下来。最后，他推开门走了进去。

酒吧里的灯光和喧闹使他在门厅里停了一会儿。他四周观望，许多红绿酒杯交相辉映，看得他眼花缭乱。他觉得酒吧里坐满了人，觉得这些人正好奇地看着自己。他很快地向左右扫视了一番（略微皱起眉头，显得相当庄重），但当他稍微看清一些时，发现根本没人转过身看他；然而他看见了伊格纳提厄斯·加拉赫，一点不错，他正靠着柜台，叉开腿站着。

“哈喽，汤米，老朋友，你终于来了！来点什么？你想喝什么？我在喝威士忌：比我们在海外喝的好多了。加不加苏打水？锂盐矿泉水？不要矿泉水？我也不掺东西。掺了就变味了。……嗨，伙计，拿两份半杯的麦芽威士忌来，实实在在的。……哦，自从我上次见你之后，过得怎么样？天哪，我们都老起来啦！你看我是否也有些老相——呃，什么？脑袋顶上的头发已经灰白，而且越来越稀——是吧？”

伊格纳提厄斯·加拉赫摘掉帽子，露出一个几乎秃了的大脑袋。他的脸臃肿苍白，刮得干干净净。他的蓝灰色的眼睛衬托着他的不健康的灰白，在他鲜艳的橙色领带上面清晰地闪动。在这些不协调的特征之间，他的嘴唇显得很长，不成形状，也没有一丝血色。他低下头，用两根手指在头顶上怜惜地摸着稀疏的头发。小钱德勒摇摇头，表示否定。伊格纳提厄斯·加拉赫又戴上了他的帽子。

“办报这行会把你拖垮的，”他说。“总是疲于奔命，到处找稿子，有时还找不到。而且还总要在你的材料里有些新的东西。他妈的，还要干几天校对和印刷。告诉你吧，这次回老家来真是太高兴了。度几天假，实在是大有好处。自从在亲切而肮脏的都柏林上岸，我感觉好多了。这杯是你的，汤米。要水吗？要什么就说。”

小钱德勒让他的威士忌加了水，大大冲淡了。

“朋友，你真不会喝，”伊格纳提厄斯·加拉赫说。“我喝纯酒，不掺一滴水。”

“我一般很少喝酒，”小钱德勒谦虚地说。“遇到老朋友时，大概顶多也只喝上半杯。”“啊，那好，”伊格纳提厄斯·加拉赫高兴地说，“为了我们，为了过去在一起的时间，为了老交情，干杯。”

他们碰碰杯，举杯共饮。

“今天我碰到了那帮老人儿中的几个，”伊格纳提厄斯·加拉赫说。“奥哈拉似乎过得不怎么样。他在做什么？”

“什么也不做，”小钱德勒说。“他堕落了。”

“不过霍根的地位不错，对吧？”

“对；他在土地委员会里工作。”

“一天晚上我在伦敦碰见他，他好像是大大地发了……可怜的奥哈拉！我想，是喝酒太多了吧？”

“还有别的事，”小钱德勒简短地说。

伊格纳提厄斯·加拉赫笑了。

“汤米，”他说，“我发现你一点儿没变。你还是原来那个非常严肃的人，每当我喝酒喝得星期天上午头痛舌腻时，你总是训诫我一番。当时你曾想漫游世界。你从没到什么地方旅行过吗？”

“我到过曼岛，”小钱德勒说。

伊格纳提厄斯·加拉赫大笑。

“曼岛！”他说。“要去伦敦或巴黎。应该选择巴黎。那对你会有好处的。”

“你去过巴黎？”

“可以说去过！我在那里转过一些地方。”

“巴黎真的像人们说的那么漂亮么？”小钱德勒问。

他吮了一口酒，而伊格纳提厄斯·加拉赫则豪放地一饮而尽。

“漂亮？”伊格纳提厄斯·加拉赫说，停下来琢磨这个词，回味着他的酒香。“并不特别漂亮，你知道。当然，它还是很漂亮的。……不过，最好的是巴黎的生活；那才是关键。要说娱乐、运动和刺激，没有一个城市比得上巴黎。”

小钱德勒喝完了他的威士忌，费了一番周折才把招待员叫来。他照前一样又要了一份。

“我去过红磨坊，”伊格纳提厄斯·加拉赫在招待员拿开杯子时继续说，“我去过所有的波希米亚咖啡馆。真够味儿！但不适合你这样的正人君子，汤米。”

小钱德勒没有说话，直到招待员又送了两杯酒来，他才轻轻碰了碰他朋友的杯子，回敬先前的祝酒。他开始有些感到他的幻想在破灭。加拉赫的声调和自我表现的方式使他感到不快。他朋友身上有些很俗气的东西，而他以前并未发觉。不过，也许那完全是因为他生活在伦敦，由报界的繁忙和竞争所致。在这种新的华而不实的风度之下，那种旧的个人的魅力仍然存在。毕竟，加拉赫已经有过经历，见过世面。小钱德勒有些羡慕地看了看他的朋友。

“在巴黎事事都愉快，”伊格纳提厄斯·加拉赫说。“他们的信念就是享受生活——你不觉得他们是正确的吗？如果你要想真正享受人生，你就得去巴黎。你要注意，他们对爱尔兰人非常热情。他们听说我是从爱尔兰来的之后，几乎要把我给吃了，朋友。”

小钱德勒连着吮了四五口酒。

“告诉我，”他说，“巴黎伤风败俗真的是那么……像他们说的那样么？”

伊格纳提厄斯·加拉赫用右臂做了个泛泛的表示。

“每个地方都有伤风败俗，”他说。“当然，在巴黎你确实会找到一些有味儿的东西。例如，你去参加一个学生舞会。当妓女开始放荡时，如果你喜欢，那也挺够劲的。我想你知道她们是些什么东西。”

“我听说过，”小钱德勒说。

伊格纳提厄斯·加拉赫喝干了他的威士忌，摇了摇头。

“啊，”他说，“随便你怎么说。没有女人比得上巴黎的女人——不论讲时髦还是讲风度。”

“那么，它真是一个伤风败俗的城市了？”小钱德勒说，怯怯地坚持自己的看法——“我的意思是，和伦敦或都柏林相比。”

“伦敦！”伊格纳提厄斯·加拉赫说。“没有什么不同。你问问霍根，朋友。他到伦敦时我曾带他逛过一些地方。他会让你开开眼的。……我说，汤米，别把威士忌兑成甜酒，来点地道的。”

“不，真的……”

“哦，来吧，再来一杯对你不会有什么伤害。要什么？我想还是刚才喝的那种吧？”

“那……好吧。”

“弗朗索瓦，同样的再来一杯。……抽烟吗，汤米？”

伊格纳提厄斯·加拉赫掏出了他的雪茄盒子。两位朋友点燃雪茄，默默地抽着，直到他们要的酒送来。

“我来告诉你我的看法，”伊格纳提厄斯·加拉赫说，过了一会儿才从掩蔽着他的缭绕烟雾中探出头来，“这是个无奇不有的世界。就说说道德败坏！我听到过一些实例——我说什么来着？——我应该说知道一些：一些……道德败坏的实例……”

伊格纳提厄斯·加拉赫沉思地吸着雪茄，然后以一个平静的历史学家的语调，开始为他朋友描述在国外流行的一些伤风败俗的情形。他概括了许多首都的罪恶，似乎认为柏林是首屈一指。有些事他不能保证是不是事实（他是听朋友说的），但其他许多事情都是他的亲身经历。不论地位高低，他讲起来毫不留情。他揭露了欧洲大陆修道院里的许多秘密，描绘了上层社会流行的一些习惯，最后还详细讲述了一个英国女公爵的故事——一个他相信是真实的故事。小钱德勒听了大为震惊。

“啊，不过，”伊格纳提厄斯·加拉赫说，“我们这里是因循守旧的都柏林，那样的事听都不会听说。”

“你走了那么多地方以后，”小钱德勒说，“一定觉得都柏林太缺乏生气了！”

“不一定，”伊格纳提厄斯·加拉赫说，“到这里来是一种休息，你知道。毕竟，像人们说的那样，这里是老家，对吧？你禁不住会对它有一种依恋。这是人之常情。……不过，跟我谈谈你自己吧。霍根告诉我，你已经……尝到婚姻生活的欢乐。两年前结的婚，是吗？”

小钱德勒红着脸微微一笑。

“是的，”他说。“我去年五月结的婚，一年了。”

“我希望现在向你贺喜还不算太晚，”伊格纳提厄斯·加拉赫说。“我不知道你的地址，不然我当时就会祝贺的。”

他伸出手，小钱德勒握住。

“好，汤米，”他说，“我祝你和你全家生活愉快，老朋友，祝你财源滚滚，只要我不杀你，你永远不死。那是一个真诚的朋友、一个老朋友的祝福。你知道吧？”

“我知道，”小钱德勒说。

“有孩子吗？”伊格纳提厄斯·加拉赫问。

小钱德勒再次红了脸。

“我们有一个孩子，”他说。

“儿子还是女儿？”

“小男孩。”

伊格纳提厄斯·加拉赫在他朋友的背上使劲拍了一下。

“你真行，”他说，“我从不怀疑你的本事，汤米。”

小钱德勒笑笑，他迷茫地望着酒杯，三颗雪白的孩子似的门牙咬住下唇。

“在你回去之前，”他说，“我希望某个晚上你能到我家里来聚一聚。我妻子会很高兴见到你的。我们可以听听音乐，并且——”

“太谢谢了，老朋友，”伊格纳提厄斯·加拉赫说，“遗憾的是我们没有早一点见面。然而我明天晚上就得走了。”

“也许今天晚上……”

“真对不起，老朋友。你看，我在这里还有另一个朋友，他是个年轻聪明的小伙子。我们约好了去参加一个牌局。只是为了……”

“哦，如果情况是那样……”

“可是，谁知道呢？”伊格纳提厄斯·加拉赫体谅地说。“既然我开了头，明年我可能还会回来。聚会只不过是一次推迟了的欢乐。”

“很好，”小钱德勒说，“下次你来我们一定要找个晚上好好聚聚。现在就算说定了，怎么样？”

“好，说定了，”伊格纳提厄斯·加拉赫说。“如果我明年来，决不食言。”

“为了这最后的决定，”小钱德勒说，“我们现在再来一杯。”

伊格纳提厄斯·加拉赫拿出一块挺大的金表看了看。

“这该是最后一杯了吧？”他说。“因为，你知道，我还有个约会。”

“哦，是的，肯定是最后一杯，”小钱德勒说。

“很好，”伊格纳提厄斯·加拉赫说，“让我们再喝一杯，作为‘告别酒’——我想这是一句恰当的本地话。”

小钱德勒叫了酒。刚才脸上泛起的红晕变得通红。不论什么时候，只要喝一点酒他的脸就会发红。现在他觉得浑身发热，精神兴奋。三小杯威士忌已经上了头，加拉赫的烈性雪茄也使他昏昏然，因为他一向是个纤弱而不动烟酒的人。但八年后与加拉赫相会，在考莱斯酒店与加拉赫在灯光和喧闹中对饮，听加拉赫讲故事，暂时分享加拉赫流浪而胜利的生活，这些大胆的举止破坏了他敏感天性的平衡。他强烈感到他和朋友生活间的反差，觉得这太不公平。加拉赫的出身和教育都不如他。他确信他能比朋友取得更大的成就，或者，只要他有机会，决不至于只是干个俗气的记者。是什么妨碍了他呢？他不幸的怯懦性！他希望以某种方式为自己辩白，证明他的男子汉气概。他看出了加拉赫拒绝他的邀请背后的含义。加拉赫只是出于友谊才对他惠顾，正像他由于访问才惠顾爱尔兰一样。

招待员端来他们要的酒。小钱德勒把一杯推向他的朋友，自己大胆地端起了另一杯。

“世事难料，”他端起酒杯说。“也许明年你来的时候，我会有幸祝伊格纳提厄斯·加拉赫先生和夫人健康幸福。”

加拉赫饮着酒，意味深长地在酒杯上边闭起一只眼睛。他喝完之后，坚定地咂咂嘴，放下杯子说道：

“朋友，不必为那事担心。我要先尽情享受一番生活，游历游历世界，然后再套上婚姻的枷锁——如果我想结婚的话。”

“总有一天你会的，”小钱德勒平静地说。

伊格纳提厄斯·加拉赫转转他那橙色的领带，睁大蓝灰色的眼睛，盯着他的朋友。

“你这样想吗？”他问。

“你会套上婚姻的枷锁的，”小钱德勒坚定地重复说，“和其他每个人一样，只要你找到了合适的姑娘。”

他稍微加强了一下语气，意识到自己显得有些激动；但是，尽管他的脸已经通红，他仍然没有回避他朋友的目光。伊格纳提厄斯·加拉赫看了他一会儿，然后说：

“即使要结婚，你可以确信，我也绝不会有什么花前月下，神魂颠倒。我的意思是，为了钱才结婚。她必须在银行有大笔的存款，否则我不会要她。”

小钱德勒摇摇头。

“怎么，本来就是这么回事嘛，”伊格纳提厄斯·加拉赫激动地说，“你知道是怎么回事吗？只要我说句话，明天我就会又有女人又有钱。你不相信？我可是清楚得很。数百个——我说什么来着？——应该说数千个有钱的德国人和犹太人，钱多得都腐烂了，巴不得你娶她们。……你等着瞧，朋友。看看我是否玩不赢我的牌。告诉你吧，我要是想干什么事，一定要干成。你就等着看吧。”

他突然把杯子举到嘴边，一饮而尽，放声大笑。然后若有所思地看着前面，以一种比较平静的语调说道：

“但我并不着急。她们可以等着。我可不喜欢把自己拴到一个女人身上，你知道。”

他用嘴做了个尝尝滋味的样子，又做了个鬼脸。

“我想那样一定会变味的，”他说。

*　*　*　*　*

小钱德勒坐在大厅外的房间里，怀里抱着个孩子。为了省钱，他们没雇保姆，但每天早上和晚上，安妮的妹妹莫尼卡都来一个小时左右，帮助他们。然而莫尼卡早就回家了。现在差一刻九点。小钱德勒回家迟了，错过了喝茶的时间，而且他还忘了从贝莱商店里给安妮带包她要的咖啡回来。难怪她要生气，对他爱搭不理。她说一点茶不喝也没什么关系，可是到了拐角的商店快关门时，她又决定亲自去买四分之一磅茶叶和两磅糖。她灵巧地把熟睡的孩子塞到他怀里说：

“抱好。别把他弄醒了。”

桌上放着一盏白瓷罩小台灯，灯光照亮了一张嵌在牛角框里的相片。这是安妮的照片。小钱德勒望着它，目光停在了紧闭的薄嘴唇上。她穿着一件淡蓝色的夏用宽上衣，那是一个星期六他给她买回家的一件礼品。他花了十先令十一个便士；但真正使他难受的是买衣服时紧张不安的情绪。那天他吃够了苦头，先是在商店门口一直等到商店里空了才进去，然后站在柜台旁边装得轻松自如，任售货姑娘把女用外衫堆在他面前，接着付款时忘了拿找回的零头，让收款员又把他叫了回去，最后他离开商店时，为了掩饰自己羞红的脸，他眼睛盯着包装，像是要看看是否捆扎得结实。当他把外衣拿回家里时，安妮吻了他，说那件外衣又漂亮又时髦；但她听了价钱之后，便把外衣往桌子上一扔说，这件衣服要十个先令十一个便士，简直是坑人。起初她想把衣服退掉，可她试穿后觉得非常满意，尤其袖子的做法十分别致，于是她又吻了他，说他能想着她太好了。

哼！……

他冷冷地注视着照片上的眼睛，它们也冷冷地注视着他的眼睛。当然它们很漂亮，整个脸庞儿也很漂亮。但他看出其中有某种让人不舒服的东西。为什么神情如此木然而又像个贵妇？眼睛的沉静使他生厌。它们好像在拒斥他、蔑视他：没有激情，没有欢愉。他想起加拉赫谈到的有钱的犹太人。那些东方人的黑眼睛，他想，它们多么充满了激情，充满了激起情欲的渴望！……他怎么娶了照片上的这双眼睛呢？

想到这个问题，他回过味来，不安地看了看房间四周。他发现漂亮的家具也有一些令人生厌的地方。家具是他以分期付款的方式给家里买的，但是由安妮亲自选的，因此这也使他想到了她。家具也显得庄严而漂亮。一种沉郁的对生活的厌恶在他内心觉醒。他不能逃离这个小家吗？像加拉赫那样大胆地生活太晚了么？他可以去伦敦吗？家具的钱还没有还清。如果他真的能写一本书出版，那就可能会为他打开路子。

一部拜伦的诗集放在他面前的桌子上。他小心地用左手打开，生怕把孩子吵醒。接着他开始读诗集的第一首：

“风声逝去，夜幕下一片静寂，
树丛中也没有一丝微风穿过，
我归来凭吊我的玛格丽特之墓
将鲜花撒向我所爱的泥土。”

他停了下来。他感到诗的韵律在室内围绕他回荡。这韵调多么哀伤！他是否也能写出这样的诗，表达自己心灵的抑郁？他想描写的东西太多了：例如几个小时前，他站在格兰登桥上的感受。如果他能重新回到那样的情绪……

孩子醒了，开始啼哭。他离开书页，设法使他安静，但他还是哭个不停。于是他抱着他在怀里摇来摇去，可哭声越来越高。他一边更快地摇晃，一边又读起第二个诗节：

“在这狭小的墓穴里躺着她的躯体那躯体曾经……”

一点没用。他无法读下去。什么都做不成。孩子的哭声刺疼了他的耳鼓。真没办法，没办法！他成了生活的囚徒。他气得双臂颤抖，突然低下头对着孩子的脸喊道：

“别哭了！”

孩子停了片刻，吓得抽搐了一下，然后开始尖声哭叫。他从椅子上跳起来，抱着孩子急匆匆地在屋里走来走去。孩子开始可怜地抽噎，四五秒钟才喘过气来，接着又放声大哭。房间的薄墙回响着哭声。他尽力哄他，但他浑身痉挛，哭得更厉害了。他望着孩子抽紧颤动的小脸，开始感到恐惧。他数着孩子抽噎了七声都没有喘气，吓得他把孩子搂在了怀里。要是他死了！……

门突然打开了，一个年轻女人跑了进来，气喘吁吁。

“怎么啦？怎么啦？”她嚷道。

孩子听见妈妈的声音，突然爆发出一阵抽泣。

“没什么，安妮……没什么……他刚才哭起来了……”

她把买的东西扔到地上，一把从他怀里夺过孩子。

“你怎么他啦？”她喊道，怒气不息地盯着他。小钱德勒让她瞪了一会儿，当他看出那目光中的仇恨时，他的心一下子收紧了。

他开始结结巴巴地说：

“没怎么他……他……他开始哭……我没办法……我什么都没做……

怎么啦？”

她不再理他，紧紧抱着孩子开始在房间里走来走去，口中喃喃地说：

“我的乖儿子！我的小宝贝儿！是不是吓着了，宝贝儿？……不哭了，宝贝儿！不哭了，啊！……小羊儿咩咩！妈妈最乖的小羊儿！……不哭了！”

小钱德勒自觉满面羞惭，站到了灯光照不到的暗处。他听着孩子的阵阵抽泣渐渐平息；悔恨的泪水从他眼里流了下来。

何其相似

铃声响得刺耳，帕克小姐走向听筒，一个愤怒的声音带着爱尔兰北部尖锐的语调在听筒里吼道：

“让法林顿上这儿来！”

帕克小姐回到她的打字机旁边，对一个伏在办公桌上写东西的男人说：

“奥莱恩先生叫你到楼上去。”

那男人低声嘟囔了一句“见他的鬼！”，向后挪了挪椅子，站起身来。他站直身子时，显得又高大又魁梧。他长了一副紫红色的长脸，衬着淡黄色的眉毛和胡子；他的眼睛稍微有点外凸，眼白浑浊不清。他掀开柜台板，穿过顾客，踏着沉重的脚步走出了办公室。

他踏着沉重的脚步一直走到二楼，那里有个门上镶着一块铜牌，上面刻着“奥莱恩先生”。他停下来，因急匆匆地上楼而喘着粗气。他敲敲门，一个尖锐的声音喊道：

“进来！”

他走进奥莱恩先生的办公室。就在他进来的同时，奥莱恩先生从一堆文件上抬起头来。奥莱恩身材瘦小，戴一副金丝眼镜，脸刮得干干净净，红润的秃头看上去像只搁在文件堆上的大鸡蛋。奥莱恩先生迫不及待地说道：

“法林顿？你这是什么意思？为什么老是让我抱怨你呢？请问，为什么你没有准备好鲍德利和科万之间的合同？我告诉过你四点之前一定要准备好的。”

“可是，雪莱先生说，先生——”

"'雪莱先生说，先生……'老老实实听着我说些什么，别理什么'雪莱先生，先生'。你总有这种那种借口偷懒。我可告诉你，如果今晚之前不把合同抄好，我就把这事报告克罗斯比先生……你听见了没有？"

"听见了，先生。"

"现在你听见我说的话没有？……还有另外一件小事！跟你说话简直像是对牛弹琴。好好记着，你吃午饭的时间是半个小时，不是一个半小时。我真想知道，你一顿饭要吃几道菜。……记住我的话了么？"

"是的，先生。"

奥莱恩先生又把头低到他那堆文件上面。法林顿目不转睛地注视着他那颗统领克罗斯比和奥莱恩公司事务的秃光光的脑壳，估量它经不起什么打击。突然，一阵无名的怒火涌上他的喉咙，但很快又过去了，之后便觉得非常地干渴。他了解这种感觉，知道晚上一定要痛饮一番才行。这个月已经过了大半，如果他能及时把合同搞好，也许奥莱恩先生会让出纳预支他工资。他一动不动地站着，眼睛死死地盯着文件堆上面的脑袋。忽然，奥莱恩开始打乱所有的文件，好像在寻找什么东西。接着，仿佛刚发现法林顿还站在那里，他猛然又抬起头来说：

"呃？你准备整天站在那儿吗？哎呀，法林顿，你可真清闲啊！"

"我在等着看……"

"很好，你不必等着看。到楼下干你的工作去。"

法林顿无精打采地向门口走去，刚要出屋，又听到奥莱恩在身后喊道：要是到晚上没有把合同抄好，这事就要由克罗斯比来处理。

他回到楼下自己的办公桌旁边，数了数要抄的合同纸。他拿起笔，蘸上墨水，但眼睛却继续呆滞地注视着刚才写下的最后字句："在任何情况下，上述伯纳德·鲍德利都不得……"夜幕即将降临，几分钟之后他们就会点灯：那时他就可以写了。他觉得自己必须先解除喉咙的干渴。于是他从桌边站起身来，像刚才那样掀开柜台板，向办公室外走去。在他向外走的时候，主任疑惑地望着他。

“没什么事，雪莱先生，”他说，一边用手指指出他要去的地方。

主任朝帽架上瞥了一眼，但看到帽子全在，便没说什么。法林顿一到楼梯口，就从口袋里掏出一顶牧人戴的那种苏格兰呢便帽，戴到头上，匆匆跑下摇动的楼梯。他出了临街的大门，沿人行道的内侧，偷偷摸摸地走到街口的拐角，然后窜进了一个门廊。现在他安全地来到奥尼尔酒店昏暗的私室，激动的面孔带着浓酒或腐肉的颜色，紧贴着临向酒吧柜台的小窗叫道：

“喂，帕特，给咱来杯黑啤酒，做个好人。”

掌柜的给他拿来一杯什么都没掺的黑啤酒。法林顿一饮而尽，然后又要了一粒茴蒿籽。他把一个便士放在柜台上，让掌柜的在昏暗中乱摸，而自己像进来时那样，悄悄地溜出了酒店的私室。

黑暗携带着浓雾正在淹没二月的黄昏，尤斯泰斯大街上的路灯已经点亮。法林顿走过一幢幢房子来到办公室门口，不知道自己能否按时抄完合同。走上楼梯，一股湿润浓烈的香水味扑鼻而来：显然，他到奥尼尔酒店时德拉科尔小姐已经来了。他把帽子重又塞进口袋走进了办公室，装出一副若无其事的样子。

“奥莱恩先生一直在找你，”主任严厉地说。“你到什么地方去了？”

法林顿向站在柜台旁边的两个顾客瞟了一眼，好像暗示有他们在场不便回答。由于两位顾客都是男的，主任自己便笑了起来。

“我知道你那种鬼把戏，”他说。“一天五次是有点……算了，你最好快些给奥莱恩先生找出我们关于德拉科尔案件的信件。”

当众受了这番斥责，加上跑步上楼和刚才喝了急酒，法林顿感到心慌意乱，当他坐在办公桌旁边做他该做的事时，他才意识到五点半之前根本完不成那份合同。黑暗潮湿的夜晚渐渐来临，他渴望在酒吧里度过这样的夜晚，在明亮的煤气灯下，觥筹交错，与朋友开怀畅饮。他找出关于德拉科尔的信件，走出了办公室。他希望奥莱恩先生不会发现缺了最后两封信。

到奥莱恩先生办公室的楼梯上，一路弥散着湿润浓烈的香水气味。德拉科尔小姐是个中年妇女，看上去像犹太人。据说奥莱恩先生非常喜欢她，或者非常喜欢她的钱。她常常来办公室，而且一来就待好久。现在她正坐在他的办公桌旁边，浑身散发着一股浓郁的香气，一边抚摸着她的伞把一边点头，帽子上的大黑羽毛不时地颤动。奥莱恩先生已经把椅子转过来面对着她，悠然自得地将右脚架上了左膝。法林顿把信件放在办公桌上，恭恭敬敬地鞠了一躬，可是奥莱恩先生和德拉科尔小姐谁也没有理会。奥莱恩先生用手指在信件上敲了敲，然后朝他挥了挥，好像是说："行了，你可以走了。"

法林顿回到楼下的办公室，又坐在了自己的桌前。他目不转睛地盯着面前不完整的句子："在任何情况下，上述伯纳德·鲍德利都不得……"觉得非常奇怪的是后三个词的开头竟都是字母"B"。主任开始催促帕克小姐，说她总是不能及时把信打出来邮寄。法林顿听着打字机的嗒嗒声，过了几分钟，才开始抄写他的合同。然而他脑袋里糊里糊涂，心已经漫游到灯火辉煌、杯盘叮当的酒店之中。这是个应该喝烈性酒的晚上。他奋笔疾书，但到五点钟的时候，他仍然有十四页未抄。该死！他不可能按时完成。他想大声咒骂，或者用拳头使劲砸什么东西。他太愤怒了，竟然将"伯纳德·鲍德利"写成了"伯纳德·伯纳德"，结果不得不换一张纸重抄。

他觉得浑身是劲，单枪匹马就可以把整个办公室除掉。他的身体极想干点什么，想跑出去与人打斗一场。他一生中所有的屈辱都在激怒他……他能否请出纳员私下里预支点工资？不行，出纳员是无用之徒，毫无用处：他决不会预支的……他知道在什么地方会那帮弟兄：利奥纳德、奥豪劳恩和努赛·弗林。他的冲动达到了顶点，似乎非得来一次纵情的发泄。

他沉迷在自己的想象里，别人叫了他两遍他才回答。奥莱恩先生和德拉科尔小姐站在柜台外边，所有的职员都转过身来，期待着某种事情发生。法林顿从桌边站起身。奥莱恩先生开始了一连串的咒骂，说是少了两封信。法林顿说他对此一无所知，他完全是如实照抄的。咒骂继续进行，非常刻薄而激烈，法林顿几乎无法控制自己，恨不得挥拳砸向面前这个矮子的脑袋。

“我根本不知道还有什么另外两封信，”他愣头愣脑地说。

“你——不——知道。当然你什么都不知道，”奥莱恩先生说。“告诉我，”他瞟了一眼身边的女士像是先征求她的同意似的补充说，“你是不是把我当成傻瓜了？你是不是以为我是个彻头彻尾的傻瓜？”

法林顿的目光从那位女士的脸上扫到这个鸡蛋似的小脑袋上，然后又扫了过去；突然，他几乎还没有意识到要说什么便脱口说出了一句妙语：

“我觉得，先生，”他说，“你不该问我这么一个不合适的问题。”

一时间，所有的职员们都屏住了呼吸。每个人都大吃一惊（说这句妙语的人同样也大吃一惊），而肥胖结实、待人随和的德拉科尔小姐却咧着嘴笑了起来。奥莱恩先生脸红得像朵野玫瑰；他的嘴不停地抽搐，俨然像个盛怒的侏儒。他在法林顿面前挥动着他的拳头，最后看上去像是某种电机的球形旋钮在颤动：

“你这个不懂事理的流氓！你这个没有教养的流氓！我马上就要收拾你！你等着瞧吧！你必须为你的无礼向我道歉，否则你立刻滚蛋！我告诉你，要么滚蛋，要么向我道歉！”

*　　*　　*　　*　　*

他站在办公室对面的过道里，等着看出纳员是否一个人单独出来。所有的职员都走了出去，最后出纳员才和主任一起走来。如果他和主任在一起，跟他说什么话也没用。法林顿觉得自己的处境太坏了。为了刚才的无礼，他不得不低头向奥莱恩先生道歉，可是他知道，那样一来整个办公室会对他变成一个什么样的马蜂窝。他记得奥莱恩先生如何威逼小皮克让出位子，好使他安排自己的侄子。他感到怒不可遏，口渴难忍，想进行报复，他恼恨自己，恼恨其他每一个人。奥莱恩先生不会让他有一时的安宁；他的生活今后将像是一座地狱。这次他可把自己变成了一个真正的傻瓜。难道他就不能控制自己的舌头？不过话又说回来，他跟奥莱恩先生从一开始就不和，自从那天奥莱恩先生听到他模仿他的爱尔兰北部口音与希金斯和帕克小姐逗乐，他们之间就产生了隔阂。他本可以向希金斯借些钱的，但希金斯肯定没有一分多余的钱给他。一个人要养两个家，当然不可能……

他觉得他那庞大的身躯又在渴望酒店里的舒适。夜雾已经开始令他感到寒冷，他想着是否可以在奥尼尔酒店里向帕特借些。他最多只能向他借到一个先令——而一先令毫无用处。可是他非得想法弄些钱才行：那杯黑啤酒已经花掉了他最后一个便士，而且天已太晚，很快就没有任何地方可以弄钱了。突然，在他的手指抚弄他的表链时，他想到了弗里特大街上的特里·凯利的当铺。就这么办！他怎么没早些想到这点？

他快步走过坦普尔酒吧狭窄的小巷，一边小声地自言自语：他们全他妈的可以滚了，因为他要痛痛快快地过一个夜晚。特里·凯利当铺的职员说“值五个先令！”但当者坚持要六个先令；最后实际上还是给了他六个先令。他兴高采烈地离开当铺，把硬币摞成一个小的圆柱，夹在拇指和其他手指之间。在威斯特摩兰大街，人行道上拥挤着下了班的青年男女，衣衫褴褛的报童跑来跑去，吆喝着各种晚报的名称。法林顿穿过熙熙攘攘的人群，得意扬扬地观看街上的景象，神气傲慢地盯着走过的年轻女职员。他的脑袋里充满了有轨电车的叮当声和无轨电车的嗖嗖声，他的鼻子已经闻到了缭绕的酒气。他一边向前走着，一边预想他如何向他的伙伴们讲述发生的事件：

“于是，我就看着他——冷冷地，你们知道，然后又看看她。接着又回过来看着他——一点不急，你们知道。我对他说，‘你不该问我这么一个不合适的问题。’”

努赛·弗林坐在他在戴维·勃恩酒店常坐的那个角落里，当他听完故事后，敬了法林顿半杯，说这是他听到过的最有趣的故事。法林顿回敬了他一杯。过了一会儿，奥豪劳恩和帕迪·利奥纳德来了，于是又把故事向他们重述了一遍。奥豪劳恩请大家喝了一杯热饮，然后讲起他在佛恩斯街卡伦公司时如何顶撞主任的故事；不过，由于他的反驳是模仿田园诗中自由牧童的方式，所以他不得不承认他的反驳不像法林顿的那么巧妙。听完这话，法林顿让大家干掉杯中酒再来一杯。

正当他们又在点要毒酒时，突然闯进一个人来，竟是希金斯！当然，他只得与别人一起饮酒。人们请他照他的版本讲讲那个故事，于是他便讲了起来，而且讲得绘声绘色，非常生动，因为眼前的五小杯威士忌着实令他兴奋。当他表演奥莱恩先生如何在法林顿面前挥舞拳头时，每个人都忍不住放声大笑。接着，他又模仿法林顿的声音说，“照我拍的地方打，随你的便，”而法林顿用浑浊的醉眼看着大家，面带微笑，不时用下唇吮掉挂在胡须上的酒滴。

那轮酒喝完之后，大家停了下来，奥豪劳恩还有钱，可其他两人似乎已不名一文；于是大家只好不无憾意地离开了酒店。在杜克大街的拐角，希金斯和努赛·弗林斜插向左边，其他三个人又折向城里。毛毛细雨飘落在寒冷的街道上，当他们走到压舱物管理处时，法林顿建议去苏格兰酒家一聚。酒吧里挤满了顾客，人声喧闹，碰杯声响成一片。三个人挤过门口叫卖火柴的小贩，聚坐在柜台的一角。他们又开始轮流讲述故事。利奥纳德给他们介绍了一位叫韦瑟斯的年轻人，他在提沃利戏院表演杂技，是个流浪“艺术家”。法林顿请大家点酒。韦瑟斯说他想喝一小杯加苏打水的爱尔兰威士忌。法林顿是个酒里行家，完全知道他要的是什么，便问大家是否也来一杯；但其他人却告诉酒保要喝热的。谈话变得颇富戏剧性。奥豪劳恩请大家喝了一巡，接着法林顿又请大家喝了另一巡，而韦瑟斯则说他们的热情好客太过爱尔兰化了。他许诺把他们带到幕后，给他们介绍一些漂亮的姑娘。奥豪劳恩说他和利奥纳德会去的，但说法林顿不会去，因为他是个结了婚的人；法林顿用他浑浊的醉眼斜瞥了他们一下，仿佛在说他明白他们在取笑他。韦瑟斯只是掏腰包请大家喝了一小杯色酒，然后答应等会儿在普尔贝格大街的目力根酒店跟他们见面。

苏格兰酒家关门之后，他们便折向目力根酒店。他们走进后面的营业厅，奥豪劳恩请大家喝了一小杯特制的烈酒。他们都开始感到了一些醉意。正当法林顿要请大家再喝一杯时，韦瑟斯回来了。使法林顿宽心的是，他这次只喝了杯苦酒。钱虽然越来越少，但还够他们喝一阵子。这时，门外走进两个头戴大檐帽的年轻女子，还有一个身穿花格西装的年轻男人，他们坐在了附近的一个桌子旁边。韦瑟斯跟他们打了个招呼，告诉大家他们是从提沃利戏院来的。法林顿的眼睛不时向其中一个年轻女子的身上游动。那女子的外貌倒确实有些楚楚动人。一条孔雀蓝薄纱大头巾围着她的帽子，在颏下绾成一个大的蝴蝶结；她戴着一副明黄色的手套，一直延长到肘部。法林顿爱慕地盯着她那不时幽雅地移动的丰满的胳膊；过了一会儿，当她回眸相望时，她那双深褐色的大眼睛更使他着迷。那双眼里斜睨凝视的神情迷得他神魂颠倒。她看了他一两次，当她那伙离去的时候，她碰到了他的椅子，于是她以伦敦口音对他说，“哦，对不起！”他望着她离开，希望她能回头看看他，但他失望了。他咒骂自己没钱，怨恨自己请人喝了那么多酒，尤其是请韦瑟斯喝加苏打水的威士忌。天下他最恨的就是蹭酒喝的人。他恼怒极了，连他的朋友们谈些什么都没有听到。

帕迪·利奥纳德叫他时，他才发现他们在谈论臂力。韦瑟斯正向大家炫耀他坚实的二头肌，大吹特吹，因此其他两个人便招呼法林顿，让他维护一下爱尔兰民族的荣誉。于是法林顿也照样绾起袖子，绷起二头肌亮给大家。大家把两条胳膊对比着看来看去，最后一致同意让他们较量一下臂力。桌子被清理干净，两人将臂肘撑在上面，两只手紧握在一起。帕迪·利奥纳德说声“开始！”两只手腕便叫起劲来，都想把对方的手压倒在桌上。法林顿看上去非常认真，决心要赢。

较量开始了。大约三十秒钟之后，韦瑟斯慢慢地把对方的手压到了桌上。法林顿让这样一个年轻人赢了，羞怒难当，气得深酒色的脸变成了红黑色。

“你不该把身体的重量压在手腕上。要遵守规矩，”他说。

“谁不遵守规矩啦？”另一个说。

“那就再比比。三局两胜。”

于是较量又开始了。法林顿额上的青筋暴出，韦瑟斯苍白的面容变得像一朵红牡丹。双方的手和胳膊因承受压力都在颤抖。经过一番长时间的拼搏，韦瑟斯再次将对方的手慢慢地压到了桌上。观看的人低声为他们喝彩。站在桌边的酒保向胜利者点着他那戴红帽子的脑袋，不识趣地以亲切的口吻说：

“嘿！那才是本事呢！”

“你他妈的知道什么？”法林顿转过身凶狠地冲着酒保吼道。“用你说什么废话？”

“嘘，嘘！”奥豪劳恩说，他已经注意到法林顿狂怒的表情。“差不多了，伙计们。再喝一小杯就该走了。”

一个面容非常阴郁的人站在奥康奈尔桥头，等着乘开往桑的芒的单节电车回家。他胸中充满了难以抑制的愤怒和复仇心理。他觉得受了屈辱，一肚子不满；他甚至毫无醉的感觉；而他口袋里只剩下了两个便士。他诅咒一切。他在办公室里毁了自己，当了表又花光了钱；而现在连醉的感觉都没有。他又开始感到口干舌燥，渴望再次回到热气腾腾的酒店之内。他两次败在一个乳臭未干男孩子手下，从此失去了大力士的名声。他心里胀满了怒气，而当他想到那个戴大檐帽的女人、那个蹭了他并对他说“对不起”的女人时，他的愤怒简直要使他窒息。

他在谢尔本路下了电车，沿着棚屋墙的阴影，拖着硕大的身躯向前走去。他不愿意回家。当他从旁门进去后，他发现厨房里一无所有，连炉火都快要灭了。他冲着楼上吼道：

“爱达！爱达！”

他妻子是个面部线条清晰的小个子女人。丈夫清醒时，她常对丈夫吆五喝六；要是丈夫醉了，她就忍气吞声。他们有五个孩子。一个小男孩从楼上跑了下来。

“谁呀？”法林顿问，一边透过黑暗张望。

“我，爸。”

“你是谁？查理吗？”

“不是，爸。是汤姆。”

“你妈呢？”

“她到教堂去了。”

“那好……她有没有想到给我留晚饭？”

“有的，爸。我——”

“点上灯。黑洞洞的你干吗不点灯呀？别的孩子都睡了吗？”

孩子点灯的时候，他重重地坐在了一把椅子上。他开始模仿着儿子平平的音调，像是半对儿子半对自己似的说道：“到教堂去了。你看怪不怪，到教堂去了！”灯点亮之后，他砰的一声把拳头砸在桌子上，喊道：

“晚饭给我吃什么？”

“我这就去……做，爸，”小男孩说。

他怒冲冲地跳起来，用手指了指炉火。

“在那火上做！你把火弄灭了！真的，我得教教你怎样再把火弄灭！”

他一步跨到门口，抓起放在门后的拐杖。

“我得教教你怎样把火弄灭！”他说，一边卷起袖子使胳膊运动自如。

小男孩哭喊着“嗷，爸！”边哭边绕桌子跑着躲避，可是他追着他不放，终于抓住了他的外衣。小男孩狂乱地四处观望，但看到无路可逃时，扑通一声跪倒在地上。

“哼，让你下次还把火弄灭！”法林顿说，一边使劲用拐杖打他。“打死你这个小崽子！”

拐杖打破了孩子的大腿，疼得他发出一声声尖叫。他把双手在空中攥起，吓得声音颤颤抖抖。“嗷，爸！”他哭喊着说。“别打我了，爸！我……我要为你祈祷‘万福马利亚’……要是你不打我，我会为你祈祷‘万福马利亚’，爸爸。……我会祈祷‘万福马利亚’……”

泥　土

女总管已经准了她的假，一等女工们用完茶她就可以离开，于是玛利亚便期盼着晚上出去。厨房是崭新的：厨师说那些铜的煮器亮得像镜子，可以照见你自己。炉火正旺，光焰熊熊，靠边的一张桌子上放着四大块草籽黑面包。这些面包好像还没有切开；但你若走近去看，你就会发现它们已被切成又长又厚均匀的面包片，用茶时随时可以分发给大家。这些是玛利亚亲手切的。

其实，玛利亚是个身材非常纤小的女人，但她却长了一副很长的鼻子和下巴。她说话略带鼻音，总是那么亲切温柔："是，亲爱的，"或"不，亲爱的。"每当女工们为她们的水桶争吵时，总是把她请来，而她也总能成功地使她们平息。一天，女总管对她说：

"玛利亚，你可真是个名副其实的和事佬！"

副总管和两个管委会的女士都听到了这番称赞。而且金杰·穆尼也总是说，要不是看在玛利亚的面上，她决不会与那个管熨斗的哑巴善罢甘休。每个人都这么喜欢玛利亚。

女工们将在六点钟用茶，这样玛利亚在七点之前就可以离开。从鲍尔斯桥到皮拉，二十分钟；从皮拉到德鲁姆康德拉，二十分钟；还有买东西要二十分钟。她八点之前会赶到那里。她拿出镶银扣的钱包，又读了一遍上面写的"来自贝尔法斯特的礼物"。她特别喜欢那个钱包，因为那是五年前乔和奥菲在"周一假日"[①]去贝尔法斯特旅行时给她买的。钱包里有两枚五先令的银币和一些零散的铜币。付过电车费之后，她还会净剩五个先令。孩子们一起唱歌，他们将度过多么美好的一个晚上呀！只是她希望乔不要醉醺醺地回来。只要他喝了酒，就像换了个人似的。

乔常想让她去跟他们生活在一起；但她总觉得自己会妨碍他们（虽然乔的妻子一向待她很好），而且她也过惯了洗衣房的生活。乔是个好人。他是她一手带大的，还有奥菲；因此乔常常说：

“妈妈就是妈妈，可玛利亚是我真正的妈妈。”

家里闹翻后，孩子们给她在“都柏林灯光洗衣店”里谋到了那份差事，她自己也喜欢这工作。过去她一向认为新教徒不好，可是现在她觉得他们都是很善良的好人，尽管他们有点过于沉静和严肃，但却仍然是可以一起生活的很善良的好人。后来她在温室里种了花草，而且很喜欢照料它们。她种有可爱的蕨类植物和热带青藤，每当有人来看她时，不论是谁，她总要从温室里剪一两枝给来人带去。有一件事她不喜欢，那就是墙上贴的新教的传单；不过女总管是个极好相处的人，通情达理，很有教养。

厨师告诉她一切都准备好了以后，她便走进女工间，开始拉响了大铃。几分钟之后，女工们开始三三两两地走了进来，有的在围裙上擦着冒热气的双手，有的正捋下衬衣的袖子遮住红红的、冒着热气的胳膊。她们在各自的大杯子前坐下，厨师和哑巴把已经在大铁皮桶里兑好牛奶和糖的热茶倒进了杯里。玛利亚主管分面包，保证每个女工分到自己的四片。她们一边吃喝，一边不停地嬉戏说笑。丽姬·弗莱明说玛利亚一定会得到戒指，尽管弗莱明多次在万圣节前夕说过这话，玛利亚还是不得不笑笑说，她既不要戒指也不要男人。她笑的时候，灰绿色的眼睛中流露出失望的羞涩，鼻子尖几乎要碰到下巴尖了。接着，正当其他女工把杯子在桌子上碰得叮当乱响之际，金杰·穆尼举起了她的茶杯，提议为玛利亚的健康干杯，然后又说她觉得遗憾的是没有喝口黑啤酒来为玛

---

① “周一假日”是英国和爱尔兰的法定假日，原文为“Whit-Monday”，即“降灵节”（Whit-Sunday）之翌日。每逢“Whit-Sunday”，新受洗的人皆穿白袍，故名。

利亚祝福。玛利亚又笑了起来，直笑得她的鼻子尖几乎碰到下巴尖，纤小的身子要散了架似的。她知道，穆尼是出于一片好意，虽然她的看法无疑只是个普通女人的看法。

不过，当女工们吃完茶点，厨师和哑巴开始收拾茶具时，玛利亚可不是真的高兴极了！她回到自己小小的卧室，想起第二天早上要望弥撒，便把闹钟从七点拨回到六点。然后她脱掉工作裙和室内穿的便鞋，把她最好的裙子拿出来放在床上，又把一双小巧的专供外出穿的皮鞋放在床脚旁边。她还换了一件衬衫，当她站在镜子前面打量自己时，她想起了自己是个小姑娘时的情景，想起了那时为星期天望弥撒她如何穿衣打扮。她顾影自怜，望着她那经常修饰的纤小的身躯。尽管岁月销蚀，她发现自己小巧的身躯仍然娇嫩健美。

她出门后天下起雨来，大街上雨水映射着灯光，她庆幸自己带了那件棕色的旧雨衣。电车里坐满了人，她只好坐在尾部的一张小凳上，面对着所有的乘客，脚尖刚刚能触到车底板。她心里计划着要做些什么，很高兴自己能自食其力，口袋里的钱由自己支配。她希望他们会度过一个美好的夜晚。她对此深信不疑，但又忍不住去想，要是奥菲和乔互不说话多令人遗憾。他俩正闹别扭，可他们童年时却是最好的一对。不过，生活就是如此。

她在皮拉下了电车，急匆匆地在人群中寻路穿行。她走进唐尼斯糕点店，但店里挤满了人，等了好长时间才轮到她购买。她买了十多种便宜的什锦糕点，最后出来时抱了大大的一包。然后她琢磨还应该买些什么：她想买点真正的好东西。他们家里一定有不少苹果和干果。很难说该买些什么，她唯一能想到的就是蛋糕。她决定买些葡萄干蛋糕，但唐尼斯店里的葡萄干蛋糕表层上的杏仁霜不多，于是她便转到亨利街上的一家店去。她在这里久久拿不定主意，柜台后面那个时髦的年轻女人显然有点不耐烦了，问她是不是想买结婚蛋糕。这话使玛利亚羞红了脸，尴尬地冲着那位年轻女人微笑；可是那位年轻女人却非常认真，最后切了厚厚的一块葡萄干蛋糕，包好后对她说：

“两先令四便士。”

她以为在去德鲁姆康德拉的电车上一定得站着，因为那些年轻人好像没有一个注意她，可是后来一位年长的绅士却给她让了座位。那绅士身材魁梧，戴一顶棕色的礼帽；四方脸面色红润，胡子已经灰白。玛利亚觉得那绅士看上去像个上校，心里又想他比那些只盯着前面看的年轻人可礼貌多了。那绅士开始与她聊起万圣节前夕和下雨的天气。他想那袋子里装满了给孩子们的好东西，便说孩子们小的时候就该吃好玩好。玛利亚同意他的看法，拘谨地点着头，嗯嗯地表示赞同。他对她真是很好，她在运河桥下车时，躬身向他致谢，他也躬身还礼，还举起帽子亲切地对她微笑；当她低着小脑袋在雨中沿台阶向上走时，她心想认识一个绅士竟这么容易，哪怕他已经喝了杯酒略带醉意。

她一进乔家，大家便异口同声地说：“啊，玛利亚来啦！”乔待在家里，已经下班，所有的孩子都穿着星期天的盛装。有两个邻居家的大女孩也在那里，正在玩着游戏。玛利亚把糕点包交给最大的男孩奥菲去分，唐奈利太太说她带这么一大包糕点真是太客气了，于是孩子们一齐说：

“谢谢，玛利亚！”

但玛利亚说她给爸爸妈妈带了一点特殊的东西，某种他们一定喜欢的东西，说着便开始找那块葡萄干蛋糕。她先在唐尼斯店的袋子里找，然后又在她雨衣的口袋里找，接着又到衣帽架那里去找，可是她哪里都没有找到。于是她问所有的孩子们是不是有谁把它给吃了——当然是无意中搞错了——但孩子们全都说没吃，而且他们看上去好像是如果被指责偷吃，他们宁可不吃那些糕点。每个人都对这件怪事作出自己解释，唐奈利太太说显然是玛利亚忘在了车上。玛利亚忆起那位灰白胡子绅士使她多么迷乱的情景，羞得满脸通红，又懊恼又失望。想到自己不仅未能给大家一个小小的惊喜，而且还白白扔掉了两先令四便士，她真想大哭一场。

然而乔说这没有关系，并让她坐在了火炉旁边。他对她好极了。他向她讲他办公室里发生的种种事情，重述他对经理的一句绝妙回答。玛利亚不明白为什么乔对他回答经理的话如此大笑不止，但她说那经理一定是个专横傲慢、不好相处的人。乔说如果你摸透了他也并不那么难处，他是那种正派人，只是你不要以错误的方式惹他。唐奈利太太为孩子们弹奏钢琴，孩子们又跳又唱。然后邻居家的两个女孩散发胡桃。谁也找不到胡桃夹子，为此乔几乎发起火来，问他们没有胡桃夹子让玛利亚怎么弄开胡桃。但玛利亚说她不爱吃胡桃，别为她操心。于是乔问她要不要喝一瓶黑啤酒，唐奈利太太也说家里还有红葡萄酒不知她是否喜欢。玛利亚说她宁愿他们什么都别给她准备：但乔坚持要做。

这样，玛利亚只好让他照他自己的意思去做。他们坐在炉火旁边，谈论往日的事情，玛利亚觉得她应该为奥菲说句好话。可是乔却大声说，要是他再同弟弟说一句话他就被天打雷劈，于是玛利亚也只得说她不该提起这事。唐奈利太太对她丈夫说，他那样说自己的亲骨肉实在是不知羞愧，但乔说奥菲根本不是他弟弟，而且差一点为此与妻子争吵起来。不过，乔说他不愿意在这样一个晚上发火，因此又让他妻子开了几瓶黑啤酒。两个邻居的女孩已经安排好一些万圣节前夕的游戏，很快一切又欢快起来。玛利亚很高兴看到孩子们如此快乐，乔和他妻子的兴致也这么高。邻居家的女孩在桌上放了几个碟子，然后把蒙了眼的孩子们领到桌子旁边。其中一个拿到了祈祷书，另外三个摸到了水；当邻居家的女孩有一个拿到戒指时，唐奈利太太对羞红了脸的姑娘晃动着手指，好像说："啊，我全知道啦！"接着他们坚持要蒙上玛利亚的眼睛，把她带到桌边，看她会摸到什么；当他们绑布条时，玛利亚禁不住笑了又笑，直到她的鼻尖几乎碰到了她的下巴尖。

他们在嬉戏欢笑声中把她引到桌边，她按照他们要求把手伸出在空中。她的手在空中到处移来移去，然后落在了一个碟子上面。她的手指触到了一种又软又湿的东西，而使她惊讶的是既没人说话也没人拿掉她的布条。有几秒钟的时间声息全无；接着是一片混乱和窃窃私语。有人说了关于花园的什么事情，最后唐奈利太太说了一些与邻居家的一个女孩说的完全不同的话，告诉她赶紧把那东西扔出去：那可不是闹着玩的。玛利亚知道那次是搞错了，所以她只得重新来过：这次她摸到了祈祷书。

在那以后，唐奈利太太为孩子们弹奏了“麦克劳德小姐的纺车”，乔又让玛利亚喝了杯葡萄酒。很快他们又都高兴起来，唐奈利太太说玛利亚年内要去当修女，因为她摸到了祈祷书。玛利亚从未见过乔对她像那晚这么好，他谈笑风生，念念不忘旧事。她说他们全都对她很好。

最后，孩子们显得困倦了，乔问玛利亚在她走前是否愿意唱支小曲，唱支老歌。唐奈利太太也说，“唱吧，一定唱一支，玛利亚！”于是玛利亚只好起身站到钢琴旁边。唐奈利太太吩咐孩子们保持安静，好好听玛利亚唱歌。然后她弹起序曲，说道：“唱吧，玛利亚！”玛利亚满面通红，开始用纤细颤抖的声音唱了起来。她唱的是“我梦见我住在……”唱至第二节时，她再次唱道：

“我梦见我住在大理石的殿堂
　　公侯臣仆侍立在两旁
在济济一堂的众人当中
　　我是他们的骄傲和希望。

“我的财富多得数不清
　　我可以夸耀高贵的门庭
但我最高兴的还是梦想
　　你爱我一如既往。”

但是谁也不想指出她的错误。她唱完之后，乔大为感动。他说，无论别人怎么讲，他总觉得今不如昔，也没有任何音乐能与可怜的老鲍夫相比。他的眼里浸满了泪水，模糊得看不见他要找的东西，最后他只好让妻子告诉他开酒瓶塞的起子放在哪里。

痛苦的事件

詹姆斯·杜菲先生住在查普利泽德，因为他希望尽可能远离他是其公民的那座城市，也因为他觉得都柏林的其他郊区都显得那么难看，现代而造作。他住在一所昏暗的旧房子里，从他房间的窗口，他可以看到那个废弃的酒厂，也可以看到那条浅河的上游——都柏林就建在那条河上。他的房间里没铺地毯，高高的墙壁上也没挂图画。房间里的每一件家具都是他亲自买的：一个黑色的铁床架，一个铁的脸盆架，四把藤椅，一个衣架，一个煤斗，一道炉围，一些生炉子的铁器，还有一个方台，上面放着张双人书桌。壁柜里用白木隔板做成了一个书柜。床上铺着白色的床单，一块黑红相间的脚毯放在床脚。脸盆架上挂着一面带柄的小镜子，白天，一盏白灯罩的灯放在炉台上，构成它唯一的装饰。白木书架上的图书自下而上按体积大小排列。最底层的一端放着一套华兹华斯的全集，最高层的一端放着一本用笔记本的硬布封面装订起来的《麦努斯教义问答手册》。写作用的东西总是放在书桌上。书桌当中放着一部豪普特曼的《迈克尔·科拉默》的翻译手稿，其中舞台指导部分用紫色墨水写成，还有一扎纸用铜质的大头针别在一起。在这些纸上，不时会写着一个句子，而且莫名其妙的是，第一张纸上还贴着张"拜尔·宾斯"广告的大字标题。一打开书桌盖，立刻飘逸出一股淡淡的香气——新杉木杆铅笔的香气，或者一瓶胶水的香气，抑或是放在那里忘记了的一只熟过了的苹果的香气。

杜菲先生厌恶一切表示物质或精神混乱的东西。中世纪的医生一定会说他患了精神忧郁症。他的脸是都柏林街道的那种棕色，显现出一副饱经风霜的样子。他的脑袋又长又大，长着一头干枯的黑色毛发，黄褐色的胡子几乎盖不住那张显得不和蔼的嘴巴。他的颧骨使他脸上显出一种严厉的性格；但他的眼睛却毫无严厉的神色，它们从黄褐色的眉毛下观察世界，使人觉得他是个随时欢迎别人悔过自新而常常失望的人。他过着一种与自己的躯体拉开距离的生活，以怀疑的目光从侧面注视着自己的行为。他有一种奇怪的作自传的习惯，因此常常在脑子里构想关于自己的短句，一般只包含一个第三人称的主语和一个过去时的谓语。他从不对乞丐施舍，走路时步履稳健，带一根结实的手杖。

多年来，他一直在巴格特街一家私营银行当出纳员。每天早上，他从查普利泽德乘电车来上班。中午他去丹·勃克餐馆吃午饭——一瓶淡啤酒加一小盘藕粉饼干。他下午四点下班。然后他去乔治街一家餐馆吃晚餐，在那里他觉得安全，可以躲开都柏林的纨绔子弟，而且那里的价钱也诚实公道。晚上他要么坐在房东太太的钢琴前弹琴，要么就在城郊四处闲逛。他喜欢莫扎特，因此有时去听一场歌剧或听一场音乐会：这些是他生活中仅有的耗费。

他没有伴侣也没有朋友，没有宗教也没有信条。他过着自己的精神生活，不与任何人交流，只在圣诞节去看看亲戚，他们死了时到墓地为他们送葬。他尽这两项社交责任实是出于昔日的尊严，除此之外决不承认任何支配公民生活的习惯常规。他驰骋自己的想象，觉得在某些情况下他会抢劫他工作的银行，但由于这些条件从不出现，所以他的生活也就平平淡淡——恰似一个没有冒险的故事。

一天晚上，在罗通达歌剧院里，他发现自己坐在两个女士旁边。大厅里听众不多，冷冷清清，令人不安地预示着演出要失败。靠近他坐着的那个女士环视了一两次空旷的大厅，然后说道：

“今晚听众这么少，太遗憾了！让人对着空座位演唱，实在是难堪。”

他以为这话是想和他攀谈。令他惊讶的是她似乎一点不显得尴尬。他们谈话的时候，他试图牢牢地把她记住。当他得知她身边那位年轻姑娘就是她女儿以后，他断定她只比自己小一两岁的样子。她的脸过去一定很漂亮，现在仍然还透着灵气。这是一张鸭蛋形的脸，面部的五官清晰分明。一双眼睛是深蓝色的，稳重而坚定。当她注视时，开始像是藐视，但随着瞳孔渐渐隐入虹膜又显得有些混乱，在瞬间表现出一种感情非常丰富的气质。瞳孔很快重新出现，这种半揭示出来的性格重又受到谨慎的控制，而突出她那丰满胸脯的羔皮上衣，更明确地显出高傲蔑视的色彩。

几星期之后，在鄂尔斯福阶梯音乐厅的一次音乐会上，他再次遇到了她，于是他便抓住她女儿不注意的时刻与她亲近。她有一两次提到她丈夫，但语气并不怎么像是一种警告。她的名字叫西尼考太太。她丈夫的曾祖父的曾祖父来自里奥恩。她丈夫是一条商船的船长，往返于都柏林与荷兰之间；他们有一个孩子。

当他第三次偶然碰到她时，他鼓起了勇气和她约会。她如期而至。这是他们多次约会的开始；他们总是在晚上见面，并且找最安静的地方一起散步。然而，杜菲先生不喜欢隐蔽的方式，当他发现他们被迫偷偷地会面时，他坚持让她邀请他到她家去。西尼考船长力促他来访，以为人家看上了自己的女儿。他早就失去了与自己妻子寻欢作乐的兴趣，因此毫不怀疑还有谁会对她产生兴趣。由于丈夫常常出航，女儿常常出去教音乐课，杜菲先生有很多机会和西尼考太太愉快地待在一起。他和她以前谁都不曾有过这样的冒险，因此谁也没有意识到有什么不妥。渐渐地，他们俩的思想纠缠在一起，十分投契。他借书给她，给她介绍种种观念，与她共享他那种知识生活。她听信他所说的一切。

有时，作为对他那些理论的回答，她也向他倾吐自己生活的某些真情。她还以近乎母亲般的关怀，促使他对她以诚相待：她变成了他的告解神父。他告诉她，有一段时间他曾在爱尔兰社会主义党的一些会议上帮过他们，一群朴素的工人在阁楼上点着暗淡的油灯开会，他觉得自己在他们中间像是个独特的人物。那个党后来分成三派，每派各有自己的领袖和开会的阁楼，于是他便不再去参加这种会议。他说，工人们讨论时不敢大胆发表意见；而他们对工资问题又过分热心。他觉得他们是面目丑陋的现实主义者，他们对精确的态度愤愤不满，以为那是他们无法达到的闲暇的产物。他对她说，几个世纪之内，都柏林不大可能发生社会革命。

她问他为何不把自己的想法写出来。他反问她，为了什么呢？略微带有一点不屑为之的样子。同那些不能连续思考一分钟的、毫无头脑的空谈家争论吗？让自己遭受愚钝的中产阶级的批评吗？中产阶级让警察主宰他们的道德，让经理主宰他们的艺术。

他常去都柏林郊外她那小小的别墅，而且晚上常常两个人单独在那里度过。渐渐地，随着他们的思想越来越深地纠缠在一起，他们也谈论一些比较切身的话题。她的情谊像是在异国他乡的一片热土。有好多次她故意不去开灯，让黑暗笼罩在他们身上。黑暗朴素的房间，与世隔绝的环境，以及仍然在耳边萦绕的音乐，使他们紧密地融合起来。这种融合使他得到了一次升华，磨掉了他性格中的粗棱，使他的精神生活充满了感情。有时候，他发现自己会不自觉地自言自语。他觉得在她的眼里，他会上升成一位天使的形象。随着他越来越喜欢自己伴侣的那种热情性格，他听到了一种奇怪的非个人的声音，他能辨别出这声音就是自己的声音，而且这声音坚持他保持不可救治的心灵的孤独。这声音说：我们不能把自己给出去，我们是属于我们自己的。这些话语的结果是，一天晚上，西尼考太太显得异常兴奋，她激动地抓起他的手，紧紧地把它贴在她的脸上。

杜菲先生大为惊讶。她对他的话的解释，使他从幻觉中醒悟过来。他有一个星期没去看她；然后他写了一封信约她会面。他不想让他们这最后一次谈话受到干扰，不想让他们那已经毁灭的忏悔式谈话影响他们，所以他约了她在公园大门附近的一家小点心店里相见。时值萧瑟的秋天，尽管很冷，但他们仍然在公园的小路走来走去，差不多走了三个小时。他们同意从此不再来往：他说每一种联系都是导致痛苦的联系。他们出了公园，默默地向电车走去；然而这时她开始剧烈地颤抖，他唯恐她会再次失控，便赶紧向她告别，离她而去。几天之后，他收到了一个包裹，里面装着他的书和乐谱。

四年过去了。杜菲先生又恢复了他平静的生活。他的房间仍然井井有条，这证明他的精神也仍然循规蹈矩。楼下房间的乐谱架上塞满了一些新的乐谱，他的书架上也添了两卷尼采的作品：《查拉图斯特拉如是说》和《欢乐的科学》。他很少在桌上放的那沓纸上写什么东西。在他最后一次与西尼考太太谈话两个月之后，他写的话中有一句这样说：男人与男人之间不可能有爱情，因为他们不可能进行性交；男人与女人之间不可能有友谊，因为他们一定会进行性交。他不再去音乐会，怕万一会碰到她。他父亲去世了；银行那位年轻的合伙人撤出了他的股份。然而他仍然每天早上乘电车进城，每天晚上在乔治街吃适度的晚饭，把读晚报当作甜食，然后从城里步行回家。

一天晚上，正当他要把一勺牛肉末和卷心菜送进嘴里时，他的手停在了空中。他的眼睛不由自主地盯住了晚报上的一篇报道，当时他正把晚报支在水瓶上边吃边读。他将那勺食物重又放回盘子，仔细地阅读那篇报道。然后他喝了一杯水，将盘子推到一边，把那张报纸对折起来捧在手上，将那篇报道翻来覆去地读了又读。卷心菜在他的盘子里开始积起冷白色的油脂。服务小姐走到他面前，问他是不是饭做得不好。他说饭做得很好，勉强地又吃了几口。然后他付了账，走了出去。

顶着十一月的苍茫暮色，他快步向前走去，他坚实的榛木拐杖有规律地敲打着地面，淡黄色《邮报》的报纸边，从他双排扣紧身外衣的侧口袋里时隐时现。在从公园大门到查普利泽德那条行人稀少的道路上，他放慢了脚步。他的拐杖不再那么有力地敲打地面，他的呼吸也变得没有规律，几乎带有一种叹息的声音，在冬天的空气中凝结起来。他一到家，立刻奔向楼上的卧室，从口袋里拿出报纸，借着窗口微弱的光线，再一次读起那篇报道。他没有大声阅读，但却轻轻地移动嘴唇，好像神父读弥撒序诵前的默祷似的。下面就是这篇报道：

悉尼广场一妇人死亡

一起令人悲伤的事件

今天，在都柏林市医院，副验尸官（在勒夫雷特先生不在的情况下）对爱米丽·西尼考太太的尸体进行了检验。死者四十三岁，昨天晚上在悉尼广场车站遇祸身亡。证据表明，这位死去的妇人试图跨越铁路线时，被十点从金斯顿开来的慢车的机车撞倒，头部和身体右侧受伤，导致死亡。

机车司机詹姆斯·伦农供说，他在铁路公司已经工作了十五年。他一听到列车员的哨声便马上开动火车，一两秒之后，他听见大叫声又立刻把车刹住。当时车开得很慢。

铁路行李员邓恩供说，火车就要开动时，他看见一个女人正试图跨越铁路线。他一边向她跑一边冲她喊叫，但没等跑到她身边，机车的缓冲器就把她撞倒在地上。

一个陪审员问，“你看见那妇人倒下的？”

证人回答，“是的。”

警官克洛利作证说，他到达的时候，发现死者躺在月台上，显然已经死了。于是他让人把尸体抬到候车室里，等着救护车到来。

第57E号警察证实了警官克洛利的证词。

都柏林市医院住院部助理外科医生豪平供说，死者下肋骨有两根折断，右肩严重挫伤。头的右侧在跌倒时受伤。对常人来说，这种伤势不足以导致死亡。他认为，死亡的原因可能是突然撞击造成了心脏跳动的骤然停止。

H·B·帕特森·芬利先生代表铁路公司对这一意外事件深表遗憾。公司一向都采取各种预防措施，防止人们横越铁路时不走天桥，例如他们在每个车站张贴告示，在交叉路口使用专利弹簧门，等等。死者看来习惯于在深夜横越铁路，从一个站台到另一个站台，再加上对这个案件某些其他情况的考虑，他认为铁路职员不应该受到指责。

家住悉尼广场附近利奥维尔的西尼考船长，即死者的丈夫，也提供了证词。他说死者是他的妻子。事件发生时他不在都柏林，因为那天早上他刚刚从鹿特丹返回这里。他们结婚已经二十二年，一直过着幸福愉快的生活，大约自从两年以前，他妻子的脾性开始变坏。

玛丽·西尼考小姐说，最近她母亲常常在夜里出去买酒。她作证说，她常常努力劝她母亲，并且还引导她加入了一个戒酒协会。事件发生时她不在家，一个小时后她才回去。

陪审团根据医学证据作出了判决，宣布司机伦农无罪。

副验尸官说这是一个令人非常悲伤的案件，并对西尼考船长和他女儿表示深切的同情。他敦促铁路公司采取强有力的措施，防止日后再发生类似的事件。他没有对任何人进行谴责。

杜菲先生从报纸上抬起头来，凝视着他窗外那阴暗惨淡的夜色。那条河静静地躺在空寂的酿酒厂旁边，鲁坎路上的房子里时不时亮起一缕灯光。什么样的一种结局！关于她死去的通篇报道都使他感到厌恶，这使他又想起了自己对她讲的那些他视为神圣的事情。记者的陈词滥调，虚假的同情，以及谨慎的措辞，成功地掩盖了一个平凡庸俗的死亡事件的详情，这使他感到一阵阵恶心。她不仅贬低了她自己，而且也贬低了他。他看到了她那肮脏的罪恶，卑鄙无耻，充满恶臭。她竟是自己的精神伴侣！他想到那些蹒跚而行的可怜的人们，他们提着瓶瓶罐罐让酒店的招待员灌酒。公正的上帝呀，这是什么样的一种结局！显然她已经不适于生存，缺乏坚强的意志，屈从于不良习惯，成了人类文明的一个蛀虫。没想到她竟能堕落到如此下贱的地步！对于她的情况，难道可能是他完全想错了？他回忆起那天晚上她突然爆发的激情，并以他从未有过的严厉观念进行了解释。他现在一点不觉得他的做法有什么不妥。

天黑了下来，他的回忆开始游荡，他想起了她的手触摸他的手的情景。刚才使他恶心的那种冲击现在刺激着他的神经。他赶忙穿上外衣，戴上帽子，向外走去。刚出门口，一阵冷气便向他扑来，钻进他外衣的袖子。当他来到查普利泽德桥头的酒馆时，他走了进去，要了一杯热的调和酒。

店主殷勤地招待他，但未敢同他说话。店里有五六个工人，正在议论一个绅士在基尔代尔县的产业的价值。他们不时端起巨大的玻璃杯灌酒，不停地抽烟，经常把痰吐到地上，有时还用他们厚重的靴子在地上扫些木屑把痰盖住。杜菲先生坐在自己的凳子上注视着他们，但既没有看见他们也没有听见他们。过了一会儿他们走了，他又要了一杯调和酒。这杯酒他喝了很长时间。酒店里非常清静。店老板懒洋洋地靠在柜台上，一边读《先锋报》一边打哈欠。时而听到一辆电车在外面冷清的路上飕飕地驶过。

他坐在那里，重温昔日他和她在一起的生活，脑海里交替浮现他现在把她想象成的两种形象，这时他意识到她已经死了，她已经不复存在，已经变成了一种回忆。他开始感到不安。他扪心自问，他当时还能做些别的什么。他不可能和她演一出欺骗的喜剧；他不能和她公开生活在一起。他已经做了他觉得最适当的事情。怎么能指责他呢？现在由于她去世了，他理解了她过去的生活一定是多么孤独，夜复一夜地一个人在那个房间里坐着。他自己的生活也会孤独的，直到他也死去，不复存在，变成一种回忆——如果有谁记得他的话。他离开酒店时已经九点多了。夜色清冷而阴暗。他从第一个大门走进公园，沿着光秃秃的树下的小路漫步。他穿过他们四年前曾走过的荒凉的小径，黑暗中仿佛她就在他的身边。有时他好像觉得她的声音传入了耳朵，又觉得她的手拉住了自己。他静静地站着谛听。为什么他不给她留条活路？为什么他置她于死地？他觉得他的道德品性正彻底崩溃。当他来到马家辛山顶后，他停了下来，沿着那条河向都柏林眺望，城里的灯火在寒夜里燃放着令人感到亲切的红光。他向山坡下望去，在山脚下公园围墙的阴影里，他看到一些人躺在那里。那些用金钱买来的偷偷摸摸的性爱，使他心中充满了绝望。他啃噬着自己正直的生活；他觉得遭到了生命盛筵的抛弃。有一个人看来曾经爱着他，而他却断送了她的生命和幸福：他判定她耻辱有罪，使她羞惭致死。他知道墙边那些躺在黑影里的人正在注视着他，希望他赶快离去。没有人要他；他遭到了生命盛筵的抛弃。他把眼睛转向那条闪着灰光的河流，河水曲曲折折向都柏林流去。在河的远处，他看到一列货车蜿蜒地驶出金斯桥车站，它像一条带着火头的爬虫，顽强而吃力地蜿蜒着穿过黑暗。它慢慢地从视线中消失了；但他的耳朵仍然听得见机车奋力的轰隆声，反复地奏出她的名字。

他沿着原路往回走去，机车的节奏仍然冲击着他的耳朵。他开始怀疑他回忆中的现实。他停在一棵树下，让机车的节奏消逝。他感觉不到黑暗中她在自己身边，耳朵也听不到她的声音。他等了几分钟，聚精会神地听着。他什么也听不见：夜幕下一片静寂。他又仔细听听：仍然是一片静寂。他感觉到自己是孤身一人。

委员会办公室里的常青节[①]

① 常青节（Ivy Day，10月6日），是爱尔兰民族独立运动领导人C·S·帕奈尔的逝世纪念日。每遇纪念日，爱尔兰民族党党员均在上衣胸襟上佩戴一片常春藤叶，故名常青节。

老杰克用一块硬纸板把尚未燃尽的煤渣搓起来，小心地撒在炉子中燃得发白的隆起的煤堆上。当他在那煤堆上薄薄地撒了一层煤渣后，他的脸便隐入黑暗之中，但等他准备再去扇火时，他蹲伏的身影爬到了对面墙上，他的脸又慢慢地出现在光亮之中。这是一张老人的脸，瘦骨嶙峋，胡子拉碴。一双湿漉漉的蓝眼睛闪映着火光，湿漉漉的嘴不时地张开，闭上时总是机械地嚼一两下。煤渣全部燃着之后，他把硬纸板靠在墙上，舒了口气说：

“现在好了，奥康纳先生。”

奥康纳先生是个年轻人，长着一头灰色的头发，脸上有许多雀斑和粉刺，影响了他的外观。他刚刚把卷支烟卷的烟草塞进一根精巧的圆筒，听到老杰克跟他说话，便若有所思地停了下来。然后他又开始若有所思地卷烟，想了一会儿，决定把烟纸舔湿。

“泰尔尼说没说他什么时候回来？”他用一种假装的沙哑声问。

“他没说。”

奥康纳先生把烟卷放进嘴里，开始在他的口袋里搜索。他掏出了一叠薄纸板做的卡片。

“我来给你找盒火柴吧，”老头儿说。

“别麻烦，这个就行了，”奥康纳先生说。

他挑出一张卡片，读着上面印的东西：

市政选举

皇家交易所选区

在皇家交易所选区即将举行选举之际，济贫法监察员理查德·J·泰尔尼先生恳祈阁下惠赐一票并鼎力赞助。

理查德·泰尔尼谨拜

奥康纳先生受雇于泰尔尼的代理人，负责在该选区的某个部分游说拉票，但因天气又湿又冷，他的靴子都湿透了，所以那天他大部分时间都待在威克劳大街委员会的办公室里，跟老管理员杰克一起坐在炉子旁边。他们就这样一直坐在那里，短暂的白天早已黑了下来。那天是十月六日，外面阴沉而寒冷。

奥康纳先生从卡片上撕下一条儿，引着火，点燃了他的香烟。这时，火苗照亮了他别在外衣翻领上的一片深色发光的常春藤叶子。老人关切地注视着他，然后又拿起那块硬纸板，在他抽烟的时候开始慢慢地扇火。

"哎，真是，"老人接下来说，"真不知道怎样才能教育好孩子。谁会想到他现在竟变成那个样子！我把他送到基督教兄弟会学校上学，为他做了能做的一切，而他却学会了胡吃海喝。我是想尽量让他正派体面，像个样子。"

他无精打采地把硬纸板放回到原处。

"可惜我现在成了个老头儿，不然我非叫他改弦更张不可。我要是有胜过他的力气，擒得住他，我就用棍子抽他的脊背——像我以前多次做过的那样。可是他妈妈，你知道，总是这样那样地宠他……"

"那样会毁了孩子的，"奥康纳先生说。

"可不是嘛，"老人说。"而且还不得好报，得到的只有无礼的放肆。每当看见我吃什么东西，他便会对我吆喝。儿子这样对老子说话，这世界还成什么样子呀？"

"他多大了？"奥康纳先生问。

"十九了，"老人答道。

“为什么你不让他找点事做呢？”

“怎么不呢？自从那个小醉鬼离开学校，我一直为他操心。‘我养不起你了，’我说。‘你一定得找份工作。’可是，说实在的，有了工作反而更糟，他连工作都给喝掉了。”

奥康纳先生同情地摇了摇头，老人默不作声，静静地凝视着炉火。这时有人推开房门，喊道：

“喂！这是不是共济会的会议？”

“谁呀？”老人问。

“你们黑着灯干什么？”一个声音问。

“是你吗，海恩斯？”奥康纳先生问。

“是呀。你们黑灯瞎火地干什么？”海恩斯一边说一边走到炉火的亮处。

他是个身材细高的年轻人，留着浅棕色的胡子。他的帽檐上悬着细小的雨珠，短外套的领子向上翻起。

“嗨，马特，”他对奥康纳先生说，“情况怎么样？”

奥康纳先生摇摇头。老人离开炉火，磕磕绊绊在屋里摸索了一阵，回来时手里拿着两支插在烛台上的蜡烛；他将它们分别伸进炉火里点燃，然后安放在桌子上。空荡荡的房间一览无余，炉火失去了它那欢快的光辉。房间的四壁光秃秃的，只有一份竞选演说的副本挂在墙上。房子中间有一张小桌，上面堆着一摞文件。

海恩斯先生靠在炉架上，问道：

“他是否给过你钱了？”

“还没有，”奥康纳先生说。“但愿上帝保佑，今天晚上他别让我们白等。”

海恩斯先生大笑起来。

“哦，他会给你的。用不着担心。”他说。

“如果他真想办事，我希望他对这事灵活些，”奥康纳先生说。

“你怎么想，杰克？”海恩斯问老人，语气有些讥讽。

老人回到他炉边的座位上说：

“无论如何他有这笔钱。不像另外那个老粗。”

“什么另外那个老粗？”海恩斯先生问。

“我是说科尔根，”老人一口轻蔑的语气说。

“你那样说是不是因为科尔根是个工人？一个善良诚实的砖瓦匠和一个税收员之间有什么不同——吭？难道工人不是和别人一样有权参与自治机关的竞选吗——啊？比起那些在有头衔的人面前卑躬屈膝的小人不是更有这种权利吗？是不是这样，马特？”海恩斯先生转向奥康纳先生说。

“我想你说的是对的，”奥康纳先生说。

“这个人是个朴素诚实的人，没有任何党派倾向。他代表劳工阶级参加竞选。而你正在为之工作的这个家伙，一心想捞取某个职位。”

“当然，劳工阶级应该有人代表，”老人说。

“工人千辛万苦，”海恩斯先生说，“但却挣不到什么钱。然而正是劳工才生产出一切。工人不会为自己的儿子、侄子和亲戚们谋求肥差。工人不会玷污都柏林的名誉去讨好一个德国人国王①。”

“那是怎么回事？”老人问。

“你不知道爱德华七世明年来这里时他们要献上一篇欢迎辞吗？我们干吗要给一个外国国王磕头呢？”

“我们那位不会赞成这篇欢迎辞的，”奥康纳先生说。“他是作为民族党的候选人竞选的。”

“他真的不会吗？”海恩斯先生说。“他会不会你等着瞧吧。我了解他。不就是耍滑头、靠不住的泰尔尼吗？”

“天哪！也许你是对的，乔，”奥康纳先生说。“无论如何，我希望他快些带了钱来。”

---

① 德国人国王，英国自乔治一世（1714 年）以后，一直由德裔汉诺威王朝统治，故有此说。

三个人陷入沉默。老人开始拢更多的煤渣。海恩斯先生摘掉帽子，甩了甩，然后翻下外衣的领子，这时，翻领上露出一片常春藤叶子。

“要是这个人活着，”他指指常春藤叶子说，“我们决不会谈什么欢迎辞。”

“那当然啦，”奥康纳先生说。

“呃哈，愿上帝保佑他们！”老人说。“那时毕竟还有些生气。”

房间里又沉默下来。接着，一个显得匆匆忙忙的小个子推门进来。他抽着鼻子，耳朵冻得红红的。他快步走向炉火，搓着双手，好像准备用双手搓出火花。

“没钱了，伙计们，”他说。

“坐在这儿，亨奇先生，”老人说，一边让出他自己坐的椅子。

“哎，别动，杰克，别动，”亨奇先生说。

他随便地向海恩斯先生点点头，坐在了老人给他腾出的椅子上。

“你到奥吉尔街活动过没有？”他问奥康纳先生。

“活动过，”奥康纳先生回答，同时开始在口袋里翻找备忘录。

“你有没有拜访格莱姆斯？”

“去过了。”

“怎么样？他持什么态度？”

“他不肯许诺。他说：‘我不会告诉任何人我准备投谁的票。’不过我觉得他没有问题。”

“为什么？”

“他问我提名的人都是谁；我告诉了他。我提到勃克神父的大名。所以我想不会有什么问题。”

亨奇先生开始抽起发塞的鼻子，烤着火拼命地搓着双手。然后他说：

“看在上帝的面上，杰克，给我们添点煤吧。一定还有些剩下的。”

老人从房间走了出去。

“毫无进展，”亨奇先生摇摇头说。“我问过那小子，可是他说：‘啊，听着，亨奇先生，如果我看到工作正常地进行下去，我决不会忘记你的，你放心好了。’真是个卑鄙吝啬的小人！说实在的，他怎么能不是这种人呢？”

“我跟你说什么来着，马特？”海恩斯说。“要滑头、靠不住的泰尔尼。”

“他真是要多滑头有多滑头，”亨奇先生说。“他那双猪一样的小眼睛可不是白长的。该死的混蛋！他干吗不能像个男子汉那样把钱给清，而不是说：‘哦，亨奇先生，我得跟范宁先生说说……我已经花了不少钱了’？卑鄙该死的小畜生！他大概忘了他那瘦小的老爸在马利胡同开旧货店的日子。”

“可这是真的么？”奥康纳先生问。

“苍天在上，当然是真的，”亨奇先生说。“你从没听说过？星期天早上，店铺开门之前，男人们常常到那儿买件背心或买条裤子——便宜嘛！但滑头泰尔尼的小老爸总是耍花招在某个角落藏一个小黑瓶子。

现在你在意不在意？就是那么回事。他就是在那种地方生出来的。”

老人又回到屋里，带来一些煤块，将它们均匀地撒在火上。

“那倒是一种挺尴尬的局面，”奥康纳先生说。“可是他不给钱怎么还指望我们为他工作呢？”

“我也没有办法，”亨奇先生说。“我倒希望回到家时总管在大厅里等着我。”

海恩斯先生笑笑，他挪动肩膀离开炉台，准备走了。

“等爱迪国王来时一切都就好了，”他说。“喂，伙计们，这会儿我要走了。回头见。再见，再见。”

他慢慢地走出屋子。亨奇先生和老人谁也没有吭声，但就在门要关上的时候，一直郁郁寡欢地注视着炉火的奥康纳忽然喊道：

“再见，乔。”

亨奇先生等了一会儿，然后朝门的方向点了点头。

“告诉我，”他隔着炉火说，“我们这位朋友怎么到这儿来了？他要干什么？”

“咳，可怜的乔！”奥康纳说着一边把烟蒂扔进火里，“他跟我们一样，也是钱紧哪。”

亨奇先生使劲地抽抽鼻子，重重地往火里吐了几大口痰，差点儿把火给喷灭了；炉火发出嘶嘶的声响，像是对他抗议。

“跟你说我个人的真实想法，”他说，“我觉得他是另外一边的人。要是你让我直说，我说他是科尔根的间谍。应该打到他们那边去，想法儿看看他们在搞些什么。他们不会怀疑你的。你懂吗？”

“啊，可怜的乔可是个正派人，”奥康纳先生说。

“他父亲倒是个可尊敬的正派人，”亨奇先生承认。“可怜的老拉里·海恩斯！他活着的时候真做了不少好事！可我非常怀疑，我们这位朋友真不怎么样。他妈的，我能理解一个人缺钱用的情形，但不能理解一个依靠他人的软菜瓜。难道他就不能有点儿大丈夫的气概？”

“他来的时候并没有得到什么热情的欢迎，”老人说。“他应该为自己的一边做事，别在这里搞什么间谍活动。”

“我不知道，”奥康纳犹豫地说，一边又掏出了卷烟纸和烟丝。“我觉得乔·海恩斯是个正直的人。他人也聪明，会写东西。你是否记得他写的那篇东西……？”

“既然你问我，我得说这些山里人和芬尼亚[①]分子有一些是聪明过了头，”亨奇先生说道。“关于那些小丑中的某些人，你知道我心里的真实想法吗？我相信他们当中有一半是由政府豢养的。”

“这就不知道了，”老人说。

---

① 芬尼亚（The Finians）是一个支持爱尔兰民族自治的组织，成立于1858年，其宗旨是联合爱尔兰海内外革命志士推动爱尔兰民族独立运动。芬尼亚是爱尔兰古代传说中的勇士，故该组织以芬尼亚命名。

“啊，可我知道这是真的，”亨奇先生说。“他们是城堡雇佣的走狗……我不是说海恩斯。……不，他妈的，我认为他比那些人高出一筹。……可是，有个长着斗鸡眼的小小的贵族——你知道我讲的这个爱国者么？”

奥康纳先生点了点头。

“如果你愿意，可以说他是西尔少校的嫡传子孙！啊，满腔爱国者的热血！现在正是这个人为了四个便士便出卖他的国家——唉——还跪下来感谢万能的基督，他有个国家可卖。”

这时有人敲门。

“进来！”亨奇先生说。

一个又像穷教士又像穷演员的人出现在门口。这个人身材矮小，穿着紧扣在身上的黑色衣服，很难说他穿的是教士的衣服还是俗人的衣服，因为他的旧外衣领子绕脖子翻了起来，裸露的钮扣闪映着烛光。他戴着一顶圆形的黑色硬毡帽。他的脸上挂满雨珠闪闪发亮，看上去像是湿漉漉的黄色奶酪，只有两块红红的地方表明那是他的颧骨。他突然张开大嘴表示失望，同时他又睁大他那非常明亮的蓝眼睛表示惊喜。

“啊，科恩神父！”亨奇先生从椅子上跳起来说道。“是您吗？请进来呀！”

“哦，不，不，不！”科恩神父迅速地说，绷着嘴像是对一个小孩说话。

“进来坐坐吧？”

“不，不，不！”科恩神父说，声音谨慎而温和，带点逗弄的意味。“别让我现在打扰了你们！我只是想找范宁先生……”

“他大概在‘黑鹰’那里，”亨奇先生说。“可是您真的不进来稍稍坐一会儿吗？”

“不，不，谢谢你。只是一件小小的公事，”科恩神父说。“谢谢你了，真的。”

他从门口退去，亨奇先生抓起一支烛台，赶到门口照着他走下楼梯。

“哦，请你别麻烦了！”

“不麻烦，再说楼梯也太黑。”

“不，不，我能看见……谢谢你，谢谢。”

“您能行吗？”

“没问题，谢谢了……谢谢。”

亨奇先生手持烛台转了回来，将烛台放回到桌上。他重又在炉火旁坐下。有一会儿大家都没有说话。

“告诉我，约翰，”奥康纳说，用另一张卡片点燃了他的卷烟。

“呃？”

“他到底是干什么的？”

“问我个容易点儿的问题吧，”亨奇先生说。

“我觉得范宁和他好像非常亲近。他们常常一起待在卡瓦纳的店里。他究竟是不是神父？”

“呃——是吧，我想是的……我认为他就是所谓的黑色绵羊。好在我们没有多少这样的人，感谢上帝！不过我们也有几个……他是个有点不幸的人……”

“那他是怎么搞的呢？”奥康纳问。

“那是又一个秘密。”

“他是不是属于某个教堂或者教会或者某个机构或者——”

“不，”亨奇先生说，“我想他自己是独来独往……请上帝宽恕我，”他补充说，“我刚才还以为他是送那打黑啤酒来了。”

“有没有可能给咱们弄点啤酒喝？”奥康纳问。

“我也觉得口干舌燥，”老人说。

“我跟那小子讲过三次了，”亨奇先生说，“请他送一打黑啤酒上来。刚才我又跟他说了，可他靠在柜台上，只穿着衬衫，正和奥尔德曼·考利说悄悄话呢。”

“你为什么不提醒他呢？”奥康纳先生说。

“咳，他跟奥尔德曼·考利说话时我不可能过去。我只好等到他看见我时才说：‘关于我对你说的那件小事……’‘不会有问题的，亨先生，’他说。他妈的，这个小个子肯定把那事忘得个一干二净。”

“看来那个区在进行某种交易，”奥康纳先生沉思地说。“我昨天看见他们三个人在萨福克街角处起劲地谈个不停。”

“我想我知道他们玩的那种小花招，”亨奇先生说。“这年头你要是想当市长大人，你一定得欠市参议员们钱。然后他们就会让你成为市长。上帝呀！我真想自己也成为一个市参议员。你觉得怎么样？我能胜任吗？”

奥康纳先生笑了笑。

“就欠钱而言……”

“乘车驶出市政大厦，”亨奇先生说，“一副政客模样，杰克站在我身后，戴着有装饰的假发——哎？”

“还要让我当你的私人秘书，约翰。”

“对。我还要让科恩神父做我的私人神父。我们要搞个像家庭一样的团体。”

“真的，亨奇先生，”老人开口说，“你准比他们某些人更有派头。有一天我跟门房老基根闲聊，我对他说，‘你喜欢你们的新主子吗，帕特？你现在没什么人请客了吧。’‘请客！’他说。‘他靠闻抹布上的油味儿活着。’你们知道他跟我讲了些什么？对天发誓，当时我真不敢相信他的话。”

“讲了些什么？”亨奇先生和奥康纳先生问。

“他告诉我：‘一个都柏林市长老爷派人买一磅排骨当晚饭你以为如何？那种高级生活怎么样？’他说。‘好呀！好呀，’我说。‘买一磅排骨送到市府里面，’他说。‘好呀！’我说，‘现在究竟成了什么样的人了？’”

这时有人敲门，一个男孩探进头来。

“什么事？”老人问。

“从‘黑鹰’来的，”男孩一边说一边侧身走进屋里，把一个篮子放到地上，篮子里发出瓶子磕碰的声响。

老人帮男孩把瓶子从篮子里拿到桌子上，数了数一共有几瓶。然后男孩把篮子挎到胳膊上，问道：

“有瓶子吗？”

“什么瓶子？”老人反问。

“让我们先喝了再说好吗？”亨奇先生说。

“老板叫我带空瓶子回去的。”

“明天再来吧，”老人说。

“喂，小伙子！”亨奇先生说，“请你跑到奥法雷尔店里给我们借一个开瓶塞的起子——就说亨奇先生让借的。告诉他我们一会儿就还。把篮子先放在这里。”

男孩走了出去，亨奇先生开始高兴地搓着双手，说道：

“啊，好呀，毕竟他还不是那么坏。不管怎样，他说的话还算数。”

“没有喝酒的杯子呀，”老人说。

“啊，这你用不着担心，杰克，”亨奇先生说。“许多男子汉一向都是对着瓶口喝的。”

“无论如何，总比没有酒好，”奥康纳先生说。

“他不是个坏人，”亨奇先生说，“只是范宁欠他的钱太多了。他不够大方，你知道，但并无恶意。”

男孩借了起子回来。老人打开三瓶酒，正要把起子还回去的时候，亨奇先生对男孩说：

“你要不要喝一瓶，小伙子？”

“如果你愿意让我喝的话，先生，”男孩说。

老人不情愿地又打开一瓶，递给了男孩。

“你多大岁数了？”他问。

“十七了，”男孩回答。

老人再没有说什么，于是男孩拿起酒瓶说，“先生，我向亨奇先生致以最崇高的敬意，”咕噜咕噜喝干瓶里的酒，将瓶子放回桌上，用袖子抹抹嘴，然后拿起开瓶的起子，侧身走出门外，低声咕哝着像是道别。

“这就是酗酒的开始，”老人说。

“由小到大，积久成习，”亨奇先生说。

老人将打开的三瓶酒分给每个人，大家便一起对着瓶口喝了起来。喝过之后，各人伸手将酒瓶放在炉台上，心满意足地舒了一口长气。

“哈，今天的工作我干得不错，”亨奇先生停了一会儿说。

“是这样吗，约翰？”

“是呀。我在道森街给他拉到一两张有把握的选票，克罗夫顿和我在一起。我只对你一个人说，你知道，克罗夫顿（他当然是个正派人），根本他妈的不会游说。狗咬他他都不会说话。我对人们说话的时候，他只会站在一边傻看。”

这时有两个人走进房间。其中一个是大胖子，他穿的蓝哔叽衣服好像要从他那斜坡似的身躯上滑落下来。他有一张大脸，表情像一头小牛的面孔，瞪着一双蓝色的眼睛，留着灰白色的胡子。另一个人年轻得多，也单薄得多，瘦削的脸刮得干干净净。他脖子上围着一副高高的双层领套，头上戴一顶宽边的礼帽。

“你好，克罗夫顿！”亨奇先生对那个胖子说。“说到鬼……”

“哪儿来的酒？”年轻人问。“是不是母牛下小牛了？”

“啊，那当然，莱昂斯第一件事就是盯住酒！”奥康纳先生笑着说。

“你们这些家伙就这么游说，”莱昂斯先生说，“让克罗夫顿和我顶风冒雨在外面找选票？”

“怎么啦，你个该死的，”亨奇先生说，“我会在五分钟里拉到比你们一个星期拉的都多的选票。”

“开两瓶黑啤酒，杰克，”奥康纳先生说。

“怎么开呀？”老人说。“已经没了开瓶塞的起子。”

“等等，等等！”亨奇先生急忙站起身说。“你们见没见过这种小窍门？”

他从桌上拿起两瓶酒，走到炉火旁边，把酒瓶放到炉架上。然后他又在炉边坐下，从他的酒瓶里喝了一口。莱昂斯先生坐在桌子边上，把帽子推到后脑勺，开始晃动他悬着的双腿。

“哪一瓶是我的？”他问。

“这瓶，小子，”亨奇先生说。

克罗夫顿先生坐在一个箱子上，目不转睛地盯着架子上的另一瓶。他一言不发有两个原因。第一个原因不言自明，他无话可说；第二个原因是他认为他的同伴们比不上他。他曾为保守党人威尔金斯游说拉票，可是当保守党退出竞选，转而选择为害较少的民族党并支持他们的候选人时，他也就转而为泰尔尼先生工作。几分钟之后，随着一声辩护似的“噗”声，莱昂斯那瓶酒的软木塞子飞了出来。莱昂斯先生跳下桌子，走到炉边，拿起酒瓶又回到桌子上坐下。

“刚才我正在告诉他们，克罗夫顿，”亨奇先生说，“我们今天拉到了好多张选票。”

“你们都拉到谁了？”莱昂斯先生问。

“啊，我们拉到帕克斯一张，阿特金森两张，还有道森街沃德的。他也是个挺好的老头——地道的老公子哥儿，老保守分子！‘你们的候选人难道不是个民族党党员？’他说。‘他是个可尊敬的人，’我说。‘他赞成一切有利于这个国家的事情。他是个纳税大户，’我接着说。‘他在城里有大量的房产，还有三个商业机构，保持低税率不是对他自己也有好处吗？他是个杰出而可敬的公民，’我又说，‘一个贫困法的卫士，不属于任何党派，不论好的、坏的还是中立的。’对他们就得这么讲。”

“致国王的欢迎词又怎么样了？”莱昂斯先生喝了口酒，咂咂嘴说。

“听我说，”亨奇先生说。“就像我对老沃德说的那样，在这个国家，我们需要的是资本。国王到这里来，意味着有一笔资金要流进这个国家。都柏林的公民们将从中受益。看看码头附近那些工厂，全都一片萧条！只要我们振兴这些昔日的工业，这些面粉厂、造船厂和其他工厂，看看国家有多少钱吧。我们真正需要的是资金。”

“可是，请注意，约翰，”奥康纳先生说，“为什么我们要欢迎英国国王？难道帕奈尔[①]本人……”

“帕奈尔死了，”亨奇先生说。“哦，我对此事的看法是这样：这家伙一直被他老娘控制，现在等到他头发白了才登上王位。他是个世界性的人物，对我们颇有好感。要是你问我的话，我得说他是个非常正派的好人，没有什么可挑剔的。他只是对自己说，‘老娘从未去看过这些野蛮的爱尔兰人。基督啊，我可要亲自去看看他们是什么样子。’当一个人来这里进行友好访问时，我们能侮辱他吗？呃？难道不对吗，克罗夫顿？”

克罗夫顿点了点头。

“可是总而言之，”莱昂斯先生争辩说，“爱德华国王的生活，你知道，并不太……”

“过去的事就算过去了，”亨奇先生说。“我个人就佩服他。他只不过像你我一样，是个普通的浪荡子而已。他喜欢喝两杯，也许有点放浪形骸，而且还是个不错的运动员呢。妈的，难道我们爱尔兰人就不能公

① 帕奈尔（Charles Stewart Parnell，1846—1891），爱尔兰民族独立运动领袖，任爱尔兰党主席达十二年之久，威信甚高，有“爱尔兰无冕之王”之称。1890年，因私生活问题受到英国统治集团和教会的攻击，党内信徒也纷纷背离，最后被革除党主席职务，心情抑郁于1891年去世。此后该党分裂为几派，走入低谷。

正一些？”

“这些说得都对，”莱昂斯先生说。“可是现在你看看帕奈尔的情形。”

“上帝呀，”亨奇先生说，“这两件事有什么相似之处？”

“我的意思是，”莱昂斯先生说，“我们有自己的理想。可是现在，我们为什么要欢迎那样一个人呢？你现在是不是觉得，帕奈尔做了那种事之后还适合当我们的领袖人物？不然为什么我们要欢迎爱德华七世呢？”

“今天是帕奈尔的纪念日，”奥康纳先生说，“别破坏了我们的情绪。他现在已经死了，我们人人都尊重他——连保守派都尊重他，”他转向克罗夫顿补充说。

噗！克罗夫顿先生那瓶酒的瓶塞拖到这时才飞了出去。克罗夫顿先生从他坐的箱子上跳起来，走到炉边。他拿起酒瓶回到原处时，用低沉的声音说道：

“我们这边的人也尊重他，因为他是个君子。”

“你说的对，克罗夫顿！”亨奇先生激动地说。“他是唯一能驾驭那群滑头的人。‘下去，你们这群狗！别乱动，你们这些杂种！’这就是他对待他们的方式。进来，乔！进来！”他看见海恩斯站在门口，叫道。

海恩斯先生慢慢走了进来。

“再开一瓶黑啤酒，杰克，”亨奇先生说。“哎，我忘了没有开瓶塞的起子啦！来，给我一瓶，我放到炉火旁边。”

老人递给他一瓶，他放到了炉架上。

“坐下，乔，”奥康纳先生说，“我们正在谈‘头儿’的事。”

“啊，是啊！”亨奇先生说。

海恩斯先生靠近莱昂斯先生坐在桌子边上，但一句话没说。

“不管怎样，他们当中有一个人，”亨奇先生说，“没有背叛他。上帝作证，我要为你说话，乔！你没有背叛他，上帝作证，你一直跟着他，像个男子汉！”

“哎，乔，”奥康纳先生突然说，“把你写的那篇东西念给我们听听——你记得吗？有没有带在身上？”

“啊，好啊！”亨奇先生说。“给我们念念。你听到过吗，克罗夫顿？现在听听吧，真是妙极了。”

“开始吧，”奥康纳先生说。“别犹豫了，乔。”

海恩斯先生似乎一时记不起他们讲的那篇东西，但想了一会儿后他说：

“哦，是那篇东西……说实在的，那篇东西现在过时了。”

“快念吧，伙计！”奥康纳先生说。

“嘘，嘘，”亨奇先生说，“开始吧，乔！”

海恩斯先生又犹豫了一会儿。然后在一片肃静中，他摘掉帽子放在桌上，站起身来。他好像在要在心里把那篇东西先背诵一遍。过了好长一会儿，他才念道：

帕奈尔之死

1891 年 10 月 6 日

他清了清嗓子，然后开始背诵：

他去世了。我们的无冕之王去世了。
　　啊，爱尔林[①]，沉痛悲伤地哀悼
因为他长眠地下，被凶恶的一帮
　　现代的伪君子打倒。

---

① 爱尔林（Erin）：爱尔兰古名。

他躺在那里被怯懦之狗杀死
　　他曾使它们脱离泥沼获得荣光；
于是爱尔林的希望和爱尔林的梦想
　　随着她君主的火葬而消亡。

在宫殿、小屋或在茅舍里
　　爱尔兰的心处处都在
哀伤哭泣——因为他去世了
　　谁还会决定她的命运。

他本可使他的爱尔林名声显赫，
　　绿色的国旗灿烂辉煌地飘扬，
使她的政治家、诗人和战士
　　在世界各民族面前挺胸高昂。

他梦想（唉，只是梦想！）
　　自由：但在他奋力
扑捉那女神之际，背叛
　　使他和他热爱的自由分离。

无耻啊怯懦卑鄙的黑手
　　杀死了他们的主人，或用亲吻
将他出卖给那群乌合之众
　　阿谀奉承的教士——决非他的友人。

愿永恒的耻辱吞噬
　　那些人的记忆，他们企图

玷污他崇高的名誉
　　而他以自己的自尊鼓舞他们。

他像其他伟人那样倒下了，
　　壮烈地直到最后不屈不挠，
死亡现在将他结合
　　纳入到爱尔林昔日的英雄行列。

没有争斗的喧闹惊扰他的睡眠！
　　他静静地安息：没有人间的苦难
或者雄心壮志激励他现在
　　攀登光辉的峰巅。

他们实现了目的：他们使他倒下。
　　可是爱尔林，记着，他的精神
会像火中的凤凰那样升起，
　　在破晓的黎明时分，

给我们带来自由政权的那天。
　　那一天爱尔林举杯欢庆之中
愿她别忘了寄上一片悲情，
　　——哀悼帕奈尔的英灵。

海恩斯先生重又坐到了桌子上。他朗诵完之后，房间里一片沉寂，接着爆发出一阵掌声：甚至莱昂斯也鼓起掌来。掌声持续了一会儿。掌声停止以后，所有听的人都默默无语，对着瓶口喝起酒来。

噗！海恩斯先生那瓶酒的瓶塞迸了出来，但海恩斯先生仍然坐在桌上，满脸通红，光着脑袋。他似乎没有听见酒瓶对他发出的邀请。

“真不简单，乔！”奥康纳先生说，一边掏出他的卷烟纸和烟丝袋子来掩饰他的激动。

“你觉得这篇东西怎么样，克罗夫顿？”亨奇先生叫道。“难道不好吗？你说什么？”

克罗夫顿先生说这是一篇绝好的作品。

母　亲

将近一个月了，“爱尔·阿布”协会的助理秘书郝勒汉先生一直在都柏林上下奔走，手里和口袋里塞满了一张张脏兮兮的纸，忙着安排一系列的音乐会。他瘸了一条腿，因此他的朋友叫他瘸子郝勒汉。他不断地东奔西跑，常常在街角站上个把钟头争辩理由，还作了笔记；但最后真正把一切安排好的却是基尔尼太太。

德芙琳小姐因为赌气才变成了基尔尼太太。她曾在一家高等教会学校接受教育，学了法语和音乐。她天性冷漠，举止矜持，因此在学校里没交上什么朋友。到了该结婚的年龄，她常被送到其他人家里做客；在别人家里，她的演奏和高雅的仪态很受人仰慕。她的才艺筑成了一道寒冷的围墙，她端坐当中，等待某个求婚者勇敢地冲破它，使她得到灿烂光辉的生活。但她遇到的年轻人尽是些平凡之辈，因此她也不鼓励他们，而是私下里大吃土耳其软糖，试图以此来平复自己的浪漫欲望。然而在她青春即将逝去、朋友们开始对她说三道四的时候，为了堵人们的嘴，她嫁给了奥蒙德码头上的制靴商基尔尼先生。

他比她年龄大得多。他说话一本正经，断断续续从他那褐色的大胡子后面传出。结婚一年之后，基尔尼太太发觉这样的男人比浪漫的人靠得住，但她从未放弃自己的浪漫想法。他严肃、节俭、虔诚；每月第一个星期五他都去圣坛做礼拜，有时带着她，但更多的是他一个人单独去。不过她从未减弱对宗教的信仰，对他来说是个很好的妻子。在生人家里举行的聚会上，只要她稍微抬一下眉毛，他就会起身告辞；而当他咳嗽难受时，她会用鸭绒被盖住他的脚，为他调一杯浓郁的朗姆酒混合饮料。就他这方面来说，他是个模范丈夫。每星期他都向一个协会交一小笔钱，保证在他两个女儿二十四岁的时候，每人会得到一百英镑的嫁妆。他把大女儿凯瑟琳送到一所好的教会学校学习法语和音乐，后来又付费让她到学院学习。每年七月，基尔尼太太总是找机会对一些朋友说：

“我那好男人准备带我们全家到斯格里斯去几个星期。”

如果不是斯格里斯，那就是豪思或格雷斯通斯。

当爱尔兰复兴运动开始受人注意时，基尔尼太太利用女儿的名义给家里请了一个爱尔兰教师。凯瑟琳和她妹妹把爱尔兰风景明信片寄给她们的朋友，这些朋友也回寄另外的爱尔兰风景明信片。在特定的星期天，当基尔尼先生和全家一起去主教教堂时，弥撒之后总会有一小群人聚集在教堂街的街口。他们都是基尔尼家的朋友——音乐方面的朋友或者民族党方面的朋友；他们说三道四，议论完之后，一起互相握手，望着这么多手交来插去大笑，然后用爱尔兰语互道再见。不久，凯瑟琳小姐的名字开始经常挂在人们嘴上。人们说她极富音乐天才，是个绝好的姑娘，而且对语言运动充满了信念。基尔尼太太对此非常满意。所以，当郝勒汉先生一天来找她，告诉她他的协会准备在安提恩特音乐厅举办四场系列大型音乐会，建议她女儿为音乐会伴奏时，她丝毫都不感到惊奇。她把郝勒汉先生带进客厅，让他坐下，接着拿出带玻璃塞的酒瓶和银质的饼干盒子。她全神贯注地了解这件事的细节，又是忠告又是劝阻，最后签了一个合同，写明凯瑟琳为四场大型音乐会伴奏，伴奏费是八个几尼。

对于一些微妙的问题，如节目单的措辞和节目的安排，郝勒汉先生都是生手，所以基尔尼太太便帮着他做。她显得很老练。她知道什么样的“艺人”该用大号字写出，什么样的“艺人”用小号字写出。她知道第一男低音不喜欢紧接着米德先生的滑稽表演出场。为了不断地吸引听众，她将没把握的节目穿插在他们最喜欢的传统节目之间。郝勒汉先生每天都来看她，就某些问题征求她的意见。她无一例外地对他非常友好，提出自己的看法——事实上像家里人一样无拘无束。她把酒瓶推到他面前说：

“喂，自己动手，郝勒汉先生！”

在他自己斟酒时她又说：

“别担心！喝就是了！”

一切进行得都很顺利。基尔尼太太从布朗·托马斯的店里买了一些漂亮的粉红色软缎，镶在凯瑟琳衣服的前襟。这要花相当多的钱；但有时候花些钱是值得的。她买了一打最后一场音乐会的两先令的门票，寄给那些自己不一定买票来的朋友。她什么都没有忘记，由于她，该办的一切全都办了。

音乐会定于星期三、四、五、六举行。星期三晚上，当基尔尼太太和她女儿来到安希恩音乐厅时，她觉得那里的一切都不顺眼。几个年轻人上衣胸前佩戴着鲜蓝色的徽章，懒洋洋地站在前厅里；他们当中没有一个人穿着晚礼服。她带着女儿从他们身边走过，透过开着的门向大厅里迅速瞥了一眼，她这才明白为什么这些服务员懒懒散散。起初她以为自己搞错了时间。不，没错，已经七点四十分了。

在舞台后面的化妆室里，她被介绍给协会秘书菲茨帕特里克先生。她微微一笑，和他握了握手。他是个小个子，脸色苍白，缺乏表情。她注意到他的褐色软帽随随便便地歪戴在头上，说话的声音平平淡淡。他手里拿着一张节目单，一边和她谈话，一边把节目单的一端嚼得稀烂。他似乎对失望的事并不觉得沉重。郝勒汉先生每隔几分钟就到化妆室来一次，报告票房的情况。“艺人”们不安地互相交头接耳，不时地看看镜子，把手里的乐谱卷来卷去。将近八点半的时候，大厅里稀稀落落的听众开始要求演出。菲茨帕特里克先生走进来，茫然地对室内微笑一下，说道：

“喂，女士们和先生们，我想我们最好现在开始演出。”

基尔尼太太对他极其平板的音调报以轻蔑的一瞥，然后以鼓励的语气对她女儿说：

“准备好了吗，亲爱的？”

她找到个机会，把郝勒汉先生叫到一边，请他说明究竟是怎么回事。郝勒汉先生也不知道。他说委员会安排四场音乐会是犯了个错误：四场太多了。

“还有这些‘艺人’！”基尔尼太太说。“当然他们都在尽最大努力，可实际上他们太差。”

郝勒汉先生承认这些“艺人”不怎么样，但他说委员会决定让前三场任其自然，把精华留在星期六晚上最后一场。基尔尼太太没说什么，但随着平庸的节目一个接一个在舞台上出现，台下原本不多的听众越来越少，她开始后悔自己真不该为这样的音乐会破费。周围的东西使她生厌，菲茨帕特里克先生茫然的微笑也使她大为恼火。不过，她并没说话，而是静静地等着看音乐会如何收场。将近十点时音乐会结束，人们匆匆地赶回家去。

星期四晚上的音乐会听众较多，但基尔尼太太很快发现大厅里到处是持免费券的人。这些听众举止不雅，仿佛音乐会成了一场非正式的彩排。菲茨帕特里克先生似乎洋洋自得；他根本没有意识到基尔尼太太正在愤怒地注意他的行为。他站在幕布边上，不时露出脑袋，与楼厅角上的两个朋友交换笑脸。那天晚上在音乐会进行当中，基尔尼太太听说星期五的音乐会要被取消，委员会准备竭尽全力确保星期六晚上座无虚席。她一听到这个消息，便到处找郝勒汉先生。正当他拿着一杯柠檬汁一瘸一拐地快步走出来送给一位年轻女士时，她一把抓住他问他到底是不是真的。是的，这事是真的。

“不过，当然，那不会改变合同，”她说。“合同上写的是四场音乐会。”

郝勒汉先生显得很匆忙，建议她找菲茨帕特里克先生去谈。这时基尔尼太太开始警觉起来。她把菲茨帕特里克先生从幕布旁叫开，告诉他她女儿签了四场音乐会的合同，因此，按照合同的条款，不论协会是否举办四场音乐会，她女儿都应该得到原定的报酬。菲茨帕特里克先生没有很快抓住问题的关键，看上去好像无法解决这个难题，便说他会把这事提交到委员会讨论。基尔尼太太怒火中烧，气得面颊直颤抖，她极力忍着不使自己发问：

“请问到底谁是‘委员会’？”

她知道那样做不像是有教养的妇人所为，因此她保持了沉默。

星期五一大早，一群群小男孩被派往都柏林主要街道，散发一捆捆传单。各家晚报也都刊登专门的短文或广告，提醒爱好音乐的人别忘了第二天晚上的精彩演出。基尔尼太太宽心了一些，但她觉得还是把自己的疑虑向丈夫讲讲为好。他仔细听她讲完之后说，或许星期六晚上他最好和她一起去。她同意了。她尊重她丈夫，觉得他就像邮政总局那样，是某种伟大、安全、稳定的东西；虽然她知道他的才智有限，但她赞赏他那作为男性的抽象价值。她很高兴他提出陪她同去。她又把自己的计划考虑了一遍。

盛大的音乐会之夜到了。离开演还有三刻钟，基尔尼太太和她丈夫及女儿便来到了安希恩音乐厅。不巧的是这天晚上下雨。基尔尼太太让丈夫照看女儿的衣服和乐谱，自己在音乐厅里到处寻找赫勒汉先生和菲茨帕特里克先生。她谁都找不到。她问服务员音乐厅里是否有委员会的成员，结果费了半天周折，一个服务员才带来个矮小的名叫贝尔娜小姐的女人。基尔尼太太向她说明她想见一位协会的秘书。贝尔娜小姐说他们随时会来，并问是否她可以帮助做点什么。基尔尼太太审视地看看这张拼命表现出诚实和热情的老气的面孔，然后答道：

“不了，谢谢你！”

小女人希望今晚他们的音乐会满座。她望着外面的雨，直到湿漉漉街道的阴郁感从她扭曲的脸上抹去了诚实和热情。然后她小声叹了口气说：

“唉，真是的！我们尽了最大的努力，天晓得。”

基尔尼太太不得不回到化妆室里。

“艺人们”开始进来。男低音和第二男高音已经到了。男低音杜根先生是个瘦高的年轻人，留着稀稀疏疏的黑胡子。他是城里一家公司办公楼清洁工的儿子，小时候，他就在回声响亮的那座办公楼的门厅练唱拖长的低音。虽然家境低贱，但他奋进向上，终于使自己变成了一个第一流的“艺人”。他演出过大型歌剧。一天晚上，一个歌剧“艺人”病了，他曾代替那位“艺人”在皇后剧院演出的《玛丽塔娜》中扮演国王。他的歌声音域宽阔，富于感情，受到顶层楼座听众们的热烈欢迎；然而不幸的是，他缺心少肺地用戴手套的手抹了一两次鼻子，结果破坏了他给听众们的良好印象。他为人谦逊，寡言少语。他说“您”总是说得很轻，轻得几乎让人听不见；而为了保护嗓子，他从不喝比牛奶更烈的东西。次高音贝尔先生是个满头金发的小个子，每年都参加民间艺术节的竞奖比赛。他第四次参加时获得了铜牌。他对其他男高音极端担心而又极端嫉妒，于是便以热情友好的态度来掩饰自己不安的嫉妒心理。他的幽默就是让人知道参加音乐会演出对他是个多么严峻的考验。因此他看见杜根时便走上前去，问道：

“你也来接受考验？”

“是的，”杜根先生说。

贝尔先生冲着他的难兄弟笑笑，伸出手来说：

“握握手吧！”

基尔尼太太从这两个年轻人身边走过，到幕布旁边去看看大厅里的情形。座位正被迅速地坐满，大厅里回荡着欢快的声音。她回到丈夫身边，悄悄地跟他说话。显然他们在谈凯瑟琳，因为两人都不时地看她一眼。凯瑟琳这时正站着与一位民族主义者朋友、女低音希利小姐交谈。一个脸色苍白谁也不认识的女人单独穿过房间。女人们投以敏锐的目光，盯着那裹在一个羸弱躯体上面的褪了色的蓝色衣服。有人说她是女高音格林夫人。

“不知道他们从什么地方把她挖出来的，”凯瑟琳对希利小姐说。“我肯定从没听说过她。”

希利小姐只好微微一笑。恰在这时，郝勒汉先生一瘸一拐地来到化妆室里，于是两位小姐便向他打听那位陌生的女人是谁。郝勒汉先生说她是从伦敦来的格林夫人。格林夫人站在房间的一角，胸前不自然地捧着一卷乐谱，惊讶的目光不时转换方向。灯影遮住了她褪色的衣服，但也像报复似的陷进了她锁骨后面的骨臼。大厅里的声音越来越响。第一男高音和男中音一起来到。他俩都穿得整整齐齐，坚定而自信，在同伴中显出富有的神态。

基尔尼太太把女儿带给他们，亲切地和他们交谈。她想与他们处好关系，但尽管她极力保持礼貌，眼睛却跟着郝勒汉先生的瘸腿来回移动。她刚一看到机会，便借故告辞，跟在他后面走了出去。

“郝勒汉先生，我想跟你说几句话，”她说。

他们走到走廊上一个便于说话的地方。基尔尼太太问他她女儿什么时候能得到酬金。郝勒汉先生说这事由菲茨帕特里克先生负责。基尔尼太太说她根本不晓得什么菲茨帕特里克先生。她女儿签的合同是八个几尼，她应该如数得到。郝勒汉先生说他不管这事。

“为什么你不管这事？”基尔尼太太问道。“难道不是你亲自把合同拿给她的？无论怎样，如果你不管这事，我可要管这事，而且决心管到底。”

“你最好和菲茨帕特里克先生谈谈，”郝勒汉先生冷淡地说。

“我根本不晓得什么菲茨帕特里克先生，”基尔尼太太重复说。“我有我的合同，我一定要照合同办事。”

等她回到化妆室时，她的双颊略微有些发红。屋子里气氛活跃。两个身穿室外装的男人围着火炉，正在和希利小姐及男中音随便地交谈。他们是《自由人报》的记者和奥曼登·勃克先生。《自由人报》的记者到这里来是为了说明他不能留下来听音乐会了，因为他必须报道一位美国牧师正在议会大厦发表的演讲。他说他们可以把报道给他留在《自由人报》的办公室里，他会想办法发表。他头发灰白，善于言辞，举止谨慎。他手上夹着一支熄灭了的雪茄，身边飘浮着雪茄烟的香味。他原本一刻都不想多待，因为音乐会和“艺人们”使他厌烦，但他还是靠在壁炉台上未走。希利小姐站在他面前，又说又笑。他相当老了，完全猜得出她殷勤周到的原因；但他的心还相当年轻，仍然会利用这片刻时光。她身体的生机、香气和肤色撩拨着他的感官。他愉快地意识到，他眼前看到的那缓慢起伏的胸脯，此刻在为他起伏，那笑声、芬芳和含情的秋波，也是对他的奉献。但他不能再停留下去，只得遗憾地向她告辞。

“奥曼登·勃克会写这篇评论，”他向郝勒汉先生解释说，“我负责让它见报。”

“太谢谢了，亨德里克先生，”郝勒汉先生说。“我知道你会把它登出来的。那么，你要不要喝点什么再走呀？”

“喝点也好，”亨德里克先生说。

两人走过弯来弯去的通道，登上一段昏暗的楼梯，然后来到一个隔起来的房间。在那个房间里，一个服务员正在为几个绅士打开酒瓶。绅士中有一个就是奥曼登·勃克先生，他凭着直觉找到了这个房间。他是个和蔼的长者，休息时常常倚着一把大的丝绸雨伞，平衡自己堂堂的身躯。他那华而不实的西方名字是他道德上的一把伞，靠着这把伞，他平衡了自己财务上的许多问题。他受到普遍的尊敬。

就在郝勒汉先生招待《自由人报》的记者时，基尔尼太太正在激动地跟丈夫说话；她太激动了，她丈夫不得不请她压低声音。化妆室里其他人的谈话变得拘谨起来。贝尔先生演出第一个节目，他拿着乐谱准备就绪，但伴奏却毫无动静。显然是出了什么岔子。基尔尼先生捋着胡子直视着前方，而基尔尼太太则凑近凯瑟琳的耳朵，压低声音强调着什么。大厅里传来要求开演的声音，掌声和跺脚声混杂在一起。第一男高音、男中音和希利小姐站在一起，平静地等着，然而贝尔先生的神经却极度紧张，他惶惶不安，唯恐听众会认为他迟到了。

郝勒汉先生和奥曼登·勃克先生来到室内。立刻郝勒汉先生便看出了沉默的原因。他走到基尔尼太太身边，诚恳地和她交谈。他们谈话时，大厅里的喧闹声更大了。郝勒汉先生满面通红，非常激动。他滔滔不绝，但基尔尼太太只是简单地插上一两句：

“她不会上场的。她必须得到她的八个几尼。”

郝勒汉先生绝望地指指大厅，那里的听众正在鼓掌和跺脚。他向基尔尼先生求助，又向凯瑟琳求助。但基尔尼先生继续捋着他的胡子，凯瑟琳则低头望着地下，移动着她新鞋的鞋尖：意思是这并非她的过错。基尔尼太太重复说：

“不给她钱她决不会上场。”

在一阵快速的争辩之后，郝勒汉先生拐着腿匆匆地走了出去。房间里一片寂静。当沉默的紧张变得有些难以忍受时，希利小姐对男中音说道：

“你这星期见过帕特·坎贝尔太太吗？”

男中音不曾见她，但听说她最近很好。谈话便不再继续。第一男高音低下头，开始数起垂到腰部的金链的扣环，他微笑着，随便哼着调子，想看看鼻音的效果。所有的人都不时向基尔尼太太瞄上一眼。

场内的嘈杂声变成了喧嚣的吵闹，这时菲茨帕特里克先生冲进了屋里，后面跟着气喘吁吁的郝勒汉先生。大厅里的掌声和跺脚声不时穿插着口哨声。菲茨帕特里克先生手里拿着几张钞票。他数出四张塞在基尔尼太太手里，并说剩下的一半中间休息时给她。基尔尼太太说道：

“这里还少四个先令。”

可是凯瑟琳已经提起裙子对第一个上场的贝尔说：“开始吧，贝尔先生，”而贝尔此时正颤抖得像一棵晃动的白杨。歌手和伴奏一起走上舞台。场内的嘈杂声平息下来。停了几秒钟，然后传出了钢琴的声音。

除了格林夫人的节目之外，音乐会的前半部分非常成功。这位可怜的夫人用一种断断续续的颤音唱《基拉尔尼》，全是老式的注重个人独特风格的声调和发音，自以为这会使她的演唱显得高雅。她仿佛是从古代剧场的储衣室里复活出来，大厅里廉价座位上的听众们嘲笑她那又尖又高哭一样的音调。不过，第一男高音和女低音使大厅里又安静下来。凯瑟琳选了几支爱尔兰曲子演奏，结果赢得了热烈的掌声。前半场的压轴戏是一个安排业余戏剧演出的年轻姑娘的朗诵，她朗诵了一首激动人心的爱国诗歌，理所当然地博得了听众的掌声。上半场结束后，人们出去休息，大家都感到满意。

整个这段时间内，化妆室里乱成了一窝蜂。在房间的一角，郝勒汉先生、菲茨帕特里克先生、贝尔娜小姐、两个服务员、男中音、男低音以及奥曼登·勃克先生聚集在一起。奥曼登·勃克先生说这是他有生以来所见过的最丢人现眼的丑事。他还说，从此之后，凯瑟琳·基尔尼小姐的音乐生涯在都柏林算完了。有人问男中音他对基尔尼太太的行为有什么看法。他不想发表任何意见。他已经拿到了他的酬金，希望与人们和平相处。不过，他说基尔尼太太或许应该替“艺人们”想想。服务员和两位秘书激烈地进行争论，讨论中间休息时如何办是好。

“我同意贝尔娜小姐的意见，”奥曼登·勃克先生说。“一分钱也不给她。”

在房间的另一角，基尔尼太太和她丈夫、贝尔先生、希利小姐和朗诵爱国诗的那位年轻姑娘聚在一起。基尔尼太太说委员会对她的态度实在无耻。她不怕麻烦，竭尽全力，最后竟得到这样的结果。

他们以为只是对付一个小姑娘，因此他们就可以欺负她。但她要让他们知道他们错了。假如她是个男人，他们绝不敢对她那样。但她要确保她女儿应得的权利：她不会受人愚弄的。假如他们少给她一分钱，她就让全都柏林都知道这事。当然她会对“艺人们”感到抱歉。可她别的还能做什么呢？她向第二男高音求助，他说他认为她没有受到公正的对待。然后她又求助于希利小姐。希利小姐想加入另一边，但她不愿这么做，因为她是凯瑟琳最好的朋友，基尔尼一家经常请她到他们家去。

上半场刚一结束，菲茨帕特里克先生和郝勒汉先生便走到基尔尼太太身边，告诉她另外四个几尼要到下星期二委员会开会之后才能给她，并说如果她女儿不继续为下半场演奏，委员会就认为违背了合同，一分钱也不再给她。

“我从未见过什么委员会，”基尔尼太太愤怒地说。“我女儿有合同在手。她必须得到四镑八个先令，否则她决不会跨上那个舞台一步。”

“你真让我感到吃惊，基尔尼太太，”郝勒汉先生说。“我万没有想到你会这样对待我们。”

“你们又怎样对待我呢？”基尔尼太太反问。

她怒容满面，看上去好像要动手打人似的。

“我是在要求我的权利，”她说。

“你总该有些礼仪感吧，”郝勒汉先生说。

“我该有，真的吗？……当我问什么时候我女儿可以得到酬金时，我可没能得到一个文明礼貌的答复。”

她突然抬起头，用一种傲慢的口吻说：

“你得跟秘书去谈。我不管这事。我是个大人物，没时间管这种琐事。”

“我过去还觉得你是位有教养的夫人呢，”郝勒汉先生说，然后便猛然离她而去。

在那以后，基尔尼太太的行为遭到了所有人的谴责：人人都赞同委员会所做的事情。她站在门口，怒不可遏，与丈夫和女儿争辩，对他们指手画脚。她一直等到下半场要开演的时候，心想秘书们会来找她。然而希利小姐已经善意地答应为一两个节目伴奏。基尔尼太太不得不站在一边，让男中音和他的伴奏者走上舞台。她像个愤怒的石像那样一动不动地站了一会儿，当她听到第一支歌的曲调时，她一把抓起女儿的外衣，对丈夫说道：

“叫辆车子来！”

他立刻走了出去。基尔尼太太把大衣裹到女儿身上，跟在他后边。她走过门口时，停了下来，怒目圆睁，盯住郝勒汉先生的脸。

“我跟你还没完，”她说。

“可我跟你已经完了，”郝勒汉先生回答。

凯瑟琳温顺地跟着她母亲。郝勒汉先生开始在屋里走来走去，企图使自己冷静下来，因为他觉得自己的皮肤像火烤一般。

“多么好的一位夫人！”他说。“唉，她真是位绝好的夫人！”

“你做了该做的事情，郝勒汉，”奥曼登·勃克倚着他的伞赞许地说。

圣　恩

当时正在洗手间的两个先生试图扶起他来：可是他无法动弹。他蜷伏在他摔倒的楼梯脚下。他们终于把他翻了过来。他的帽子滚到了几码远的地方，衣服上沾满了地板上的污秽，脸朝下，双目紧闭，呼哧呼哧地喘着粗气。一缕鲜血从他的嘴角流淌下来。

这两位先生和一位服务员把他抬到楼上，又把他放到酒吧的地板上面。不到两分钟，他身边就围了一圈人。酒吧的经理问大家他是谁，谁跟他一起来的。谁都不知道他是谁，但一个服务员说他曾为这位先生拿过一小杯朗姆酒。

“他自己一个人吗？”经理问。

“不，先生。有两个先生和他一起。”

“他们在什么地方？”

没人知道；只听一个声音说：“给他透透气。他晕过去了。”

于是那圈围观者散开，但随即又像有弹性似的围了起来。在镶嵌成棋盘似的地板上，那人的脑袋附近凝固着一摊黑血。经理被他苍白的面孔吓得够呛，赶紧派人去叫警察。

有人解开了他的领扣，松开了他的领带。他睁了睁眼，叹了口气，又闭上了眼睛。抬他上楼的先生有一位手里拿着一顶脏旧的丝帽。经理反复问是否谁都不知道这个受伤的人是谁，是否谁都不知道他的朋友到什么地方去了。酒吧的门打开，一个魁梧的警察走了进来。沿小巷一路跟着他的一群人挤在门外，争着透过门上的玻璃朝里面张望。

经理立刻开始讲述他所知道情况。警察仔细听着，他是个年轻人，显得敦厚而稳定。他的脑袋慢慢地左右移动，从经理身上一直看到躺在地上的人，仿佛怕会搞错什么。然后他脱下手套，从腰间拿出一个小本，舔舔铅笔尖，准备记录。他以一种怀疑的乡下口音问道：

“这个人是谁？叫什么名字？家住什么地方？”

一个身穿骑车服的青年从旁观者的圈子外面挤了进来。他立刻跪在伤者身边，叫人拿水来。警察也跪下来帮忙。青年把伤者嘴角上的血擦去，然后又叫人取些白兰地来。警察以命令的口吻重复这一要求，直到一个服务员跑步端过来一杯。白兰地被硬灌进那男人的喉咙。很快，他睁开了眼睛，看了看周围。他看到周围一圈人的面孔，明白了怎么回事，便极力想站起身来。

“你现在好些了吧？”穿骑车服的青年问。

“哈，没什么，”伤者回答，试图站起身来。

他被扶着站了起来。经理说应去医院，一些旁观者也提出建议。那警察问道：

“你住在什么地方？”

那人没有回答，反而开始捻他的胡子。他对自己出的事无所谓。这算不了什么，他说，只不过是个小小的事故罢了。但他说话的声音混浊不清。

“你住在什么地方？”警察重复问道。

他说他们得给他叫辆出租车。正当他们为答非所问争论时，一位身穿黄色长外套的先生从酒吧的另一头走了过来，他身材颀长，行动利索，气质不俗。他一看到这景象便喊道：

“哈喽，汤姆老朋友！出什么事啦？”

“哈，没什么，”那人说。

新来的人看了看面前可怜的朋友，然后转身对警察说：

“没事了，警官。我负责送他回家。”

警察碰一下他的头盔，行个礼答道：

“好吧，鲍尔先生。”

“来，汤姆，”鲍尔说，一边拉住他朋友的胳膊。“没折了骨头。什么？能走吗？”

穿骑车服的青年搀着他的另一条胳膊，人群向两边分开。

“你怎么搞成了这副狼狈样子？”鲍尔先生问。

“这位先生从楼梯上摔了下来，”青年说。

“先生，我……对你……非常……感激，”伤者对青年说。

“不用客气。”

“咱们不能来一点……”

“现在不行。现在不行。”

三个人一起离开酒吧，围观的人也走出门外隐没在小巷之中。经理把警察带到楼梯口，察看事故的现场。他们一致认为，那位先生一定是不小心踩空了摔下来的。顾客们又回到酒台旁边，一个服务员开始清除地上的血迹。

三人来到格拉夫顿街时，鲍尔先生吹口哨喊一个待在车外的人。受伤的这位尽可能清楚地再次说：

“先生，我对你……非常……感激。我希望……我们会……再见……面的。我……名字……是……柯南。”

受惊和开始感觉疼痛使他清醒了一些。

“别说了，不用客气，”青年说。

他们握手道别。柯南先生被扶上汽车，当鲍尔先生告诉司机怎么走时，他再次向青年人表示感激，对他们未能一起喝一杯深表遗憾。

“下一次吧，”青年说。

汽车向威斯特摩兰大街驶去。经过鲍拉斯特办公大楼时，楼上的大钟指向九点半了。一阵凛冽的东风从河口吹来，扑打着他们。柯南先生冷得缩成一团。他的朋友让他说说事故是如何发生的。

“我不……能……说，”他回答说，“我……的……舌……疼。”

“让我看看。”

鲍尔先生在车里探过身来，向柯南先生的嘴里张望，但什么也看不见。他划着一根火柴，用手遮住挡着风，柯南先生顺从地张着嘴，他再次往里面细看。车子颠来晃去，火柴在张开的嘴上来回摇动。下牙和牙上盖着凝结的血块，好像有一小块舌头被咬掉了。风吹灭了火柴。

“真难看，”鲍尔先生说。

“哈，没什么，”柯南先生说，他闭上嘴，拉起脏兮兮外套的领子，围住脖子。

柯南先生是个老派的旅行推销员，深以自己的职业为荣。在这个城市里，每当人们看见他，他总是戴一顶相当体面的丝织礼帽，穿一双有绑腿的高统靴。他说，只要这两样东西穿戴得体，一个人就永远合乎体面的标准。他继承了他的拿破仑——伟大的布莱克怀特——的传统，并时时通过传说和模仿唤起对他的回忆。但现代的商业方式使他很难有所作为，唯一使他保留下来的是克柔街的一小间办公室，窗帘上写着他的商号的名称和地址——伦敦，中东区。在这间小办公室的炉台上，摆着一排铅灰色的小茶叶罐，窗前的桌子上放着四五个瓷碗，里面通常都盛着半碗某种黑色的液体。柯南先生用这些瓷碗品尝茶叶。他喝一口，含在嘴里，渗透他的味觉，然后吐进壁炉里。接下来细细进行判断。

鲍尔先生比他年轻得多，在都柏林城堡中的皇家爱尔兰警察局工作。他的社会地位提高的线路，与他朋友社会地位衰落的线路正好交叉。不过，一些在柯南先生的事业登峰造极时认识他的朋友，仍然尊重他，把他当作一个人物，这在一定程度上减轻了他的衰落感。鲍尔先生就是这些朋友中的一个。他那些莫名其妙的人情债成了他那个圈子里的笑料；他是个殷勤的年轻人。

汽车停在格拉斯尼汶路上的一座小房子前面，柯南先生被搀扶着进了屋子。他的妻子安排他上床休息，而鲍尔先生则坐在楼下的厨房里，问孩子们在什么地方上学，正在念什么书。这些孩子们——两个女孩一个男孩——知道父亲动弹不得，母亲又不在场，便开始跟他胡闹。他对他们的举止和口音感到惊讶，若有所思地皱起了眉头。过了一会儿，柯南太太走进厨房，大声嚷道：

“弄成这副样子！唉，总有一天他会把命送掉的，那也就一了百了了。自从星期五以来，他一直在喝。”

鲍尔先生小心地向她解释此事与他无关，他完全是碰巧到了那个现场。柯南太太想起他们家争吵时鲍尔先生总是善意地调解，并且多次给他们一些数目不大但很及时的借款，所以她说：

“哦，你不用向我解释，鲍尔先生。我知道你是他的朋友，不像其他一些跟他鬼混的人那样。只要他口袋里有钱，能使他撇下老婆孩子跟他们到外面，他们就跟他好。什么好朋友！我真想知道，今晚谁跟他待在一起的？”

鲍尔先生摇了摇头，没有说话。

“真对不起，”她继续说，“家里没什么东西可招待你。不过若是你等一会儿，我可以让人到拐角的佛加第店里去买些。”

鲍尔先生站了起来。

“我们在等他带钱回家。他似乎从不想他是个有家室的人。”

“啊，听我说，柯南太太，”鲍尔先生说，“我们会使他改过自新的。我去跟马丁谈谈。他准有办法。最近我们找个晚上到这里来，好好谈谈这事。”

她把他送到门口。司机正在人行道上来回跺脚，挥舞着胳膊取暖。

“真是非常感谢你送他回家，”她说。

“不必客气，”鲍尔先生说。

他上了汽车。车子开动时，他愉快地举起帽子向她致意。

“我们要使他重新做人，”他说。“再见，柯南太太。”

*　　*　　*　　*　　*

柯南太太困惑的双眼注视着汽车，直到它完全消失。然后她收回目光，走进屋里，掏空她丈夫的口袋。

她是个精明而实际的中年妇女。不久以前，她刚刚庆祝过她的银婚纪念，在鲍尔先生的伴奏下，她和丈夫跳起华尔兹，加深与丈夫的亲情。柯南先生追求她的时候，她觉得他是个潇洒风流的人：至今每当听说有人举行婚礼，她仍然赶到教堂门口，看着一对新人的俪影，生动愉快地回忆她如何挽着一个快乐健康的男人从桑地蒙特的海星教堂走出。那男人衣着潇洒漂亮，穿着礼服大衣，配以淡紫色的裤子，手持一顶丝质礼帽，端放在另一只胳膊上，显得优雅而平衡。三星期以后，她发现做妻子的生活令人厌烦，后来当她开始觉得无法忍受时，她已经做了母亲。做母亲并没有给她带来什么难以克服的困难，二十五年来她一直为丈夫精明地理财持家。两个大儿子独立了。一个在格拉斯哥的一家布店里工作，另一个在贝尔法斯特给一个茶商当秘书。他们都是好儿子，经常写信，有时还给家里寄钱。其他几个孩子仍在上学。

第二天，柯南先生给他的办公室发了封信，他仍然卧床休息。她做了牛肉茶给他喝，并狠狠地数落了他一顿。对丈夫的酗酒，她已经习以为常，就像气候的一个组成部分。每当他醉了呕吐，她总是恪尽妻子的职责，为他调理，尽量让他吃些早饭。还有更糟的丈夫呢！自从孩子们长大以后，他从未发过大火；而且她知道，甚至为了一个很小的订单，他都会走遍整个托马斯大街。

两个晚上以后，他的朋友们来看他。她把他们带到他的卧室，让他们坐在炉子旁边，整个屋里弥散着一种个人特有的气味。柯南先生的舌头时不时地刺疼，白天显得有些烦躁，但晚上却礼貌多了。他靠着枕头坐在床上，肥胖的双颊几乎没有什么颜色，好像是尚有余温的灰烬。他向客人们道歉，说屋里太乱了；但同时又骄傲地看着他们，带着一种有经验者的自豪。

他丝毫没有意识到自己陷进了一个密谋的圈套——他的朋友卡宁汉先生、麦考伊先生和鲍尔先生已经在客厅里把这个秘密计划透露给柯南太太。主意是鲍尔先生出的，具体实施却要靠卡宁汉先生。柯南先生原本是新教徒，虽然结婚时改信了天主教，但二十年来从不受天主教教会的约束。而且，他还喜欢对天主教教义旁敲侧击。

卡宁汉先生做这件事非常合适。他是鲍尔先生的同事，但资格比他老。他自己的家庭生活也不太幸福。人们非常同情他，因为都知道他娶了一个见不得人的女人，一个不可救药的醉鬼。他曾因她将屋子重新布置过六次，可每次她都以他的名义把家具当掉。

大家都尊敬可怜的马丁·卡宁汉。他非常通情达理，人很聪明，颇有影响力。 他在长期接触治安法庭的案件中形成的自然而然的独特的敏锐性，由于涉猎各种哲学著作而得到锤炼。他知识面很广。他的朋友们都听从他的意见，而且还认为他的面貌长得像莎士比亚。

柯南太太获悉他们的秘密计划后曾说：

“一切都拜托您了，卡宁汉先生。”

在过了二十五年的婚姻生活之后，她已经再没有什么幻想。宗教对她成了一种习惯，而且她觉得像她丈夫这样年龄的人，至死都不会有多大改变。她很想看见他这次事件带来一种奇特的有适当报应的结果，要不是不想让人觉得她太狠心的话，她会告诉那些先生柯南先生即使舌头短了一截也不会难受。不过，卡宁汉先生是个能干的人；而且宗教毕竟是宗教。这个计划也许有效，至少没什么害处。她并不抱多大希望。她坚信在所有天主教的虔诚信念中，最普遍有效的就是圣心，因此她也赞成圣礼和圣事。她的信仰囿于她的厨房，但若别无办法时，她也可以相信班希[①]和圣灵。

---

① “班希”（banshee）：爱尔兰传说中的女鬼。据说她出现在谁家，谁家就会死人。她会一面梳头一面痛哭，但通常是在预言死亡的前一两个晚上恸哭于窗下。

几位先生开始谈论这次事故。卡宁汉先生说他曾遇到过类似的情形。一个七十岁的老头，在羊痫风发作时咬掉了一小块舌头，后来又长好了，竟然谁也看不出咬过的痕迹。

“啊，我还不到七十岁，”伤者说。

“但愿没咬掉舌头，”卡宁汉先生说。

“现在不疼了吧？”麦考伊先生问。

麦考伊先生曾是个名噪一时的男高音。他的妻子也曾是个女高音歌手，仍在教孩子们学弹钢琴，但待遇很低。他的生活道路曲折坎坷，有些时候被迫靠耍小聪明度日。他当过米德兰铁路公司的职员，《爱尔兰时报》和《自由人日报》的广告兜销员，以佣金支付的一家煤炭公司的推销员，一家私人咨询机构的代理和副行政司法长官办公室的秘书。最近，他又变成了市验尸官的秘书。他的新职使他对柯南先生的事件产生了职业上的兴趣。

“疼？不太疼，”柯南先生回答。“但非常令人厌恶。我觉得好像要呕吐似的。”

“那是你喝醉了的缘故，”卡宁汉先生肯定地说。

“不，”柯南先生说。“我想我是在车上着了凉。有个东西老是往嗓子里顶，是痰或者……”

“黏液，”麦考伊先生说。

“它总像在嗓子里从下往上顶；某种令人恶心的东西。”

“对，没错，”麦考伊先生说，“那是胸部的问题。”

与此同时，他看看卡宁汉先生和鲍尔先生，带着一副挑战的样子。卡宁汉先生很快地点了点头，而鲍尔先生则说：

“啊，好啦，结果好就一切都好。”

“我对你非常感激，老弟，”伤者说。

鲍尔先生摆了摆手。

“跟我在一起的另外那两个家伙……”

“谁跟你在一起啦？”卡宁汉先生问。

“一个小伙子。我不知道他的名字。他妈的，他叫什么来着？那个长着淡黄色头发的小小子……”

“还有谁？”

“哈福德。”

“哼，”卡宁汉先生说。

卡宁汉哼了一声之后，大家都静了下来。显而易见，此人知道内部消息。在这种情况下，单音节的“哼”字带有一种道德的意向。哈福德先生有时纠集一小伙人，星期天中午刚过便离市区，尽快赶到市郊的某个酒馆，在那里他们自称是“真正的”旅行家。可是他的旅行伙伴从未答应不考虑他的出身。他开始是个卑微的小钱商，以放高利贷的方式借小钱给工人。后来他成了一个极其肥胖而矮小的绅士戈德堡先生的合伙人，共同经营利菲信贷银行。虽然他只是接受犹太人的伦理准则，但他的天主教教友们每当本人或其代理因他的勒索而吃了苦头时，他们都恶狠狠地说他是个爱尔兰犹太佬，是个无知的文盲，并认为通过他那个白痴儿子表明，上天对高利贷也进行惩罚。然而在其他时候，他们也记得他的一些好处。

“我不知道他到什么地方去了，”柯南先生说。

他希望这次事件的细节仍然模糊不清。他希望朋友们认为曾出过差错，哈福德先生和他彼此没有碰上。他的朋友们深知哈福德先生喝酒时的样子，但都没有讲话。于是鲍尔先生又说：

“结果好就一切都好。”

柯南先生立刻转换了话题。

“那是个正派的年轻人，那个医生，”他说。“要不是他……”

“嘿，要不是他，”鲍尔先生说，“这很可能是个要拘留七天的案子，而且还不能以罚款代替。”

“对，对，”柯南先生说，尽量回忆。“我现在想起来了，当时有个警察。他看上去像个正派的年轻人。这究竟是怎么回事呢？”

“你被起诉了，汤姆，”卡宁汉先生严肃地说。

“大陪审团还签署了起诉书，”柯南先生同样严肃地说。

“我想你贿赂了那个警察，杰克，”麦考伊先生说。

鲍尔先生不喜欢别人用他的教名。他并不古板，但他忘不了麦考伊先生最近大肆收集旅行包和旅行箱，假称帮他太太去乡下演出的事情。他不仅怨恨自己被骗，而且更怨恨这种低劣的花招。因此，他回答问题时就像是柯南先生问的似的。

他的话使柯南先生大为震怒。他对自己的公民身份有着强烈的意识，希望在这个城市里生活彼此能以诚相待，因此对那些他称之为土老帽儿的人的任何冒犯他都愤恨不已。

“难道这就是我们纳税目的？”他问道。“供这些无知的家伙们又吃又穿……他们别的东西什么都不是。”

卡宁汉先生笑了。他只在上班时才是政府官员。

“他们怎么还能是别的东西呢，汤姆？”他问。

他装着用一种浓重的乡下口音以命令的口吻说道：

“六十五号，接住你的洋白菜！”

大家都哈哈大笑。麦考伊先生总想找机会插进谈话，便佯称他从未听说过这个故事。卡宁汉先生说：

“据说——他们说的，你知道——这事发生在新兵站，在那里，他们对这些非常高大的乡下人——这些笨蛋，你知道——进行训练。警官让他们靠墙站成一排，举着自己的盘子。”

他用怪里怪气的手势描绘这事。

“开饭了，你知道。那时警官把盛满洋白菜的一个大得可怕的大盆放到桌上，上面还有一把可怕的像铁锹似的大勺子。他用勺子舀起一些洋白菜，隔着老远就扔了过去，那些可怜的家伙必须设法用盘子把菜接住：‘六十五号，接住你的洋白菜’。”

大家又大笑一番。但柯南先生仍有些愤怒。他说要给报社写封信。

“这些乡巴佬来到这里，”他说，“自以为能指挥人了。我用不着告诉你，马丁，你知道他们是什么货色。”

卡宁汉先生表示有保留地赞同。

“就像这个世界上其他所有的事情那样，”他说。“有坏的也有好的。”

“啊，不错，是有好的，我承认，”柯南先生满意地说。

“最好不理他们，”麦考伊先生说。“这就是我的意见！”

柯南太太走进屋里，把一个盘子放在桌上，说道：

“先生们，随便吃点，别客气。”

鲍尔先生站起身准备服务，将自己的椅子让给她。她没有坐，说是正在楼下熨衣服，然后她跟鲍尔先生背后的卡宁汉先生互相点了点头，准备离开房间。这时她丈夫冲她叫道：

“亲爱的，我什么都没有吗？”

“哼，你呀！把我的手背给你！”柯南太太刻薄地说。

她丈夫在她背后喊道：

“可怜的小丈夫一点都没有！”

他假装的那副滑稽面孔和声调，使分配啤酒时的整个气氛都非常愉快。

诸位先生喝过啤酒，把杯子又放到桌上，停了下来。这时卡宁汉先生转向鲍尔先生，漫不经心地说：

“你是说在星期四晚上吗，杰克？”

“星期四，没错，”鲍尔先生说。

“好啊！”卡宁汉先生立刻嚷道。

“我们可以在马奥莱店里碰头，”麦考伊先生说。“那是最合适的地方。”

“但我们一定不能迟到，”鲍尔先生认真地说，“因为那地方肯定会挤得满满的。”

“我们可以在七点半到那里，”麦考伊先生说。

“好吧！”卡宁汉先生说。

“七点半在马奥莱店里，就这么定了。”

大家沉默了一会儿。柯南先生等着看朋友们是否把他当作知交。然后他问：

“有什么秘密的事？”

“啊，没什么，”卡宁汉先生说。“只是一件小事，我们准备在星期四办。”

“听歌剧，是不是？”柯南先生问。

“不，不是，”卡宁汉先生闪烁其词地说，“只是一件小的……心灵上的事。”

“哦，”柯南先生说。

大家又沉默下来。接着，鲍尔先生直截了当地说：

“实话告诉你吧，汤姆，我们准备做一次宗教的静修。”

“对，就这么回事，”卡宁汉先生说，“杰克和我还有麦考伊——我们都准备把壶好好洗洗。”

他用一种亲切随和的口气说出这个隐喻，然后好像受了自己声音的鼓励，继续说道：

“你明白，我们很可能都会承认，我们是一群关系极好的恶棍，全包括在内。我说，全包括在内，”他以一种有点生硬的友爱口气补充说，然后转向了鲍尔先生。“现在老老实实地承认吧！”

“我承认，”鲍尔先生说。

“我也承认，”麦考伊先生说。

“所以我们一起去把壶好好洗洗，”卡宁汉先生说。

好像猛地想起了什么，他又突然转向病人说：

“汤姆，你知道我刚才想到了什么？你可以参加进来，我们来个四人共舞。”

“好主意，”鲍尔先生说。“我们四个在一起。”

柯南先生默不作声。这个建议对他的思想没什么意义，但是，他知道一些宗教力量想以他为名来关心他们自己，所以他认为为了自己的尊严要表现出强硬的态度。朋友们谈论耶稣会时，他好长时间没有说话，但他仔细地听着，还带着一丝镇定的敌意。

“我对耶稣会并没有这么坏的看法，”他终于插进来说。“他们是个受过教育的团体。而且我也相信他们的用意是好的。”

“他们是教会里最大的团体，汤姆，”卡宁汉满腔热情地说。“耶稣会会长的地位仅次于教皇。”

“这一点没错，”麦考伊先生说，“假如你想把事情做好，做得干净利索，你就去找耶稣会的教士。他们都是些有影响的人物。我跟你讲个实际例子……”

“耶稣会是个高尚人的团体，”鲍尔先生说。

“关于耶稣会，”卡宁汉先生说，“有件事确实令人费解。教会中其他每一个团体都不得不在某个时期改组，可是耶稣会这个团体从来没有改组过一次。它从来没有衰落过。”

“是这样吗？”麦考伊先生问。

“那是事实，”卡宁汉先生说，“那是历史。”

“再看看他们的教堂，”鲍尔先生说。“看看他们拥有的会众。”

“耶稣会适合上层阶级，”麦考伊先生说。

“那当然，”鲍尔先生说。

“说得不错，”柯南先生说。“那就是为什么我还同情他们。只是有一些世俗的教士，愚昧无知，自以为是……”

“他们都是些好人，”卡宁汉先生说，“各人有各人的长处。爱尔兰教士的职位在全世界享有荣誉。”

“啊，是这样，”鲍尔先生说。

“不像欧洲大陆上的一些其他教士，”麦考伊先生说，“徒有虚名。”

“也许你是对的，”柯南先生语气温和了一些。

“当然我是对的，”卡宁汉先生说。“我在这个世界上这么久了，几乎各方面的事都见过，完全可以正确判断人们的品格。”

几位先生一个接一个又喝起酒来。柯南先生似乎在心里掂量着什么。他已经受到影响。他敬佩卡宁汉先生判断品格、解读表情的本事。于是他要求谈谈细节。

“哦，只不过是静修罢了，你知道，”卡宁汉先生说。“由珀顿神父主持。你知道，专门为商人办的。”

“他不会太为难我们的，汤姆，”鲍尔先生劝告说。

“珀顿神父？珀顿神父？”病人说。

“哦，你一定认识他，汤姆，”卡宁汉先生果断地说。“一个又好又乐观的人！他像我们一样，也是个世俗的人。”

“啊，……对了。我想我认识他。脸红红的；高个子。”

“就是他。”

“那么，告诉我，马丁……他是个好的布道者吗？”

“怎么说呢……确切说也不算布道，你知道。只是用通情达理的方式进行一种友好的交谈，你知道的。”

柯南先生认真思考起来。麦考伊先生说：

“其实那人就是汤姆·勃克神父！”

“哦，汤姆·勃克神父，”卡宁汉先生说，“那可是个天生的演说家。你听他讲过吗，汤姆？”

“我听他讲过吗！”病人生气地说。“当然！我听他讲过……”

“可是，人家说他不太像个神学家，”卡宁汉先生说。

“是吗？”麦考伊先生问。

“啊，当然，这没什么错，你知道。只是有时候，别人说，他不大讲正统的东西。”

“嗨！……他是个了不起的人，”麦考伊先生说。

“我听他讲过一次，”柯南先生继续说道。“现在我忘记他讲的是什么了。科洛夫顿和我在……大厅的后面，你知道……那——”

“那些听众，”卡宁汉先生说。

“是的，在后面靠近门口的地方。我现在忘记讲的是……啊，对了，讲的是关于教皇的事，那位故去的教皇。我还记得很清楚。我敢说，那演讲的风度真是不同凡响。还有他的嗓子！天啊，真是一副绝好的嗓子！他称教皇是‘梵蒂冈的囚徒’。我记得出来的时候科洛夫顿对我说——”

“可他是个‘橙色分子’①，那个科洛夫顿，不是吗？”

“他当然是，”柯南先生说，“而且还他妈的是个挺正经的‘橙色分子’。我们走进莫尔街巴特勒的店里——说实在的，我真是非常感动，一点虚假都没有——我清楚地记得他说的每一个字。‘柯南’，他说，‘虽然我们在不同的祭坛参拜，但我们的信仰却并无不同。’我当时真觉得他说得很好。”

“那话倒也颇有道理，”鲍尔先生说。“每当汤姆神父布道时，教堂里总是有许多新教徒听讲。”

“我们之间并没有多少不同，”麦考伊先生说。“我们都相信——”

他犹豫了片刻。

“……相信救世主。只是他们不相信教皇，也不相信圣母。”

“不过，毫无疑问，”卡宁汉先生平静而有力地说，“我们的宗教才是正宗，是古老的、原始的信仰。”

“那当然啦，”柯南先生热情地说。

柯南太太来到卧室门口，宣布说：

---

① 橙色分子（Orangeman）：指爱尔兰一个新教组织的成员，该组织成立于1795年。因用橙色带做徽章，故名。

“有客人来了！”

“谁？”

“福加第先生。”

“哦，请进！请进！”

一张苍白的椭圆形面孔在灯光下显现出来。漂亮下垂的胡子呈拱形，与弯在愉快而惊奇的眼睛上面的眉毛对应一致。福加第先生是个小杂货商。他未能在城里搞成一家专卖店，因为他的资金不足，只能依附于二等酒厂和啤酒厂。他在格拉斯尼汶路上开了一个小店，以为自己的举止风度会博得那一带家庭主妇们的好感。他温文尔雅，会哄孩子，说话口齿清晰。他倒不是个没有文化的人。

福加第随身带来一件礼物——半品脱特级威士忌。他礼貌地向柯南先生问候，把礼物放到桌上，然后不分尊卑地与大家坐在一起。柯南先生对这礼物格外赞赏，因为他心里明白，他和福加第之间有一小笔杂货账还未了结。他说：

“我信得过你，老伙计。杰克，请你把它打开好吗？”

鲍尔先生又开始充当主持人。洗过酒杯，倒了五小杯威士忌。酒的影响使谈话活跃起来。福加第先生坐在椅子角上，尤其充满了兴趣。

“十三世教皇利奥，”卡宁汉先生说，“是时代的一种灵光。你们知道，他的伟大的理想就是使罗马天主教和希腊正教合二为一。那是他一生的目标。”

“我常听人说，他是欧洲最有才智的人之一，”鲍尔先生说。“我的意思是，除了他当教皇之外。”

“他确实极有才智，”卡宁汉先生说，“即使不能说最有才智。你们知道，作为教皇，他的座右铭是‘Lux upon Lux’——意思是‘光上之光’。”

“不，不对，”福加第先生急切地说。“我想你说错了。我觉得是‘Lux in Tenebris’——意思是‘黑暗中的光明’。”

“哦，是的，”麦考伊先生说，“就是‘Tenebriae’，这个词的意思是‘黑暗’。”

“对不起，”卡宁汉先生肯定地说，“我认为是‘Lux upon Lux’，意思是‘光上之光’。他的前任庇护九世的座右铭是‘Crux upon Crux’，意思是‘十字架上的十字架’——显然是为了表示两位教皇之间的区别。”

这一推论得到了认可。于是卡宁汉先生继续说了下去。

“你们知道，教皇利奥是个大学者，而且还是个诗人。”

“他有一副坚强刚毅的面孔，”柯南先生说。

“是的，”卡宁汉先生说。“他还用拉丁文写诗。”

“真的吗？”福加第问。

麦考伊先生不无满足地品着威士忌，意义双关地摇了摇头，说道：

“那绝不是开玩笑，我可以告诉你。”

“我们上一星期付一便士学费的学校时，”鲍尔先生学着麦考伊先生的样子说，“我们可没有学到过。”

“许多人上一星期付一便士学费的学校时，都在腋下夹一片草垫，”柯南先生故作庄重地说。“旧制度最好了：完全是简朴诚实的教育。一点没有你们现代的花架子……”

“太对了，”鲍尔先生说。

“没有一点多余的东西，”福加第先生说。

他说完之后，一本正经地喝了一口。

“我记得读过，”卡宁汉先生说，“教皇利奥有一首诗写照片的发明——当然是用拉丁文写的。”

“关于照片！”柯南先生大为惊讶。

“对，”卡宁汉先生说。

他也从杯子里喝了一口。

“喔，你知道，”麦考伊先生说，“当你开始想象照片时，难道它不是非常奇妙吗？”

“哦，那当然，”鲍尔先生说，“伟大的思想能看出各种东西。”

“正如诗人所说：伟大的思想近乎疯狂，”福加第先生说。

柯南先生似乎感到费解。他竭力回想新教神学对一些有争议问题的解释，最后他转向卡宁汉先生。

“告诉我，马丁，”他说，“有些教皇——当然不是我们现在这位，也不是他的前任，而是以前更早的一些——不是也不太……你知道……不太好吗？”

一时间陷入了沉默。接着卡宁汉先生说：

“哦，当然，是有些坏家伙……不过令人惊奇的是这样的事。他们当中没有一个人，即使最大的醉鬼，最……彻头彻尾的恶棍，没有一个人在教堂布道时说错一句教义。你们说，难道这不是一件令人惊奇的事吗？”

“是令人惊奇，”柯南先生说。

“是呀，因为教皇在教堂布道时，”福加第先生解释说，“他一贯正确。”

“对，”卡宁汉先生说。

“啊，我知道教皇一贯正确的事。我记得那时我还年轻……或者那是——？”

福加第先生打断了谈话。他拿起酒瓶，帮别人再添点儿酒。麦考伊先生看到酒分不了一圈，便不让再添，说是他第一杯还没有喝完。其他人虽有异议，但还是接受了。威士忌倒进酒杯的轻音乐，构成了一支愉快的插曲。

“你刚才在说的是什么来着，汤姆？”麦考伊先生问。

“教皇的一贯正确，”卡宁汉先生说，“那是整个教会史上最伟大的一幕。”

“何以见得，马丁？”鲍尔先生问。

卡宁汉先生举起两根肥胖的手指。

“你们知道，在红衣主教、大主教和主教组成的圣教团中，只有两个人否认教皇一贯正确，其他所有的人都表示赞同。除了这两个人之外，整个选举教皇的秘密会议完全一致。不！他们决不同意！”

“哈！”麦考伊先生嚷道。

“他们二人一个是德国的红衣主教，名字叫杜林……或者道林……或者——”

“道林不是德国名字，这点可以肯定，”鲍尔先生笑着说。

“呃，这位伟大的德国红衣主教，不管他叫什么，反正是其中的一个；另一个是约翰·麦克海尔。”

“什么？”柯南先生叫道。“是图阿姆[①]的约翰么？”

“你现在能肯定是他吗？”福加第先生怀疑地问。“我认为是某个意大利人或美国人。”

“就是图阿姆的约翰，”卡宁汉先生重复说，“就是他。”

他喝了口酒，别的先生们也跟着喝了口。然后他接着说：

“他们都在那里参加秘密会议，世界各地的红衣主教、主教、大主教和这两个人互相争得面红耳赤，直到最后教皇本人站起身来，宣布教皇一贯正确是教会的信条。就在这个时刻，一直争论不休反对这种观点的约翰·麦克海尔站了起来，像狮子吼叫似的喊道：‘相信！’”

“我相信！”福加第先生说。

“相信！”卡宁汉先生说。“那表明了他心里的信仰。只要教皇一发话他便服从。”

“那位道林如何表示呢？”麦考伊先生问。

“那位德国红衣主教不肯屈从。他离开了教会。”

卡宁汉先生的话在他听众的心里建立起巨大的教会形象。当他说到

---

① 图阿姆：爱尔兰北部的一个城市。

信仰和服从这句话时，他那深沉粗劲的嗓音使他们感到悚然。这时柯南太太擦着手来到屋里，她发现每个人都表情严肃。她没有打扰这种静穆，只是靠在床脚头的栏杆上。

“我曾见过约翰·麦克海尔，”柯南先生说，“只要我活着，我永远忘不了那情景。”

他转向妻子以期得到证实。

“我常常跟你谈起那事？”

柯南太太点了点头。

“那是在约翰·格雷爵士雕像的揭幕式上。埃德蒙·德怀尔·格雷正在胡扯八扯地演讲时，这位老人站在那里，一副生气的样子，两眼从浓密的眉毛下直直地盯着他。”

柯南先生拧起眉头，像一头愤怒的牛那样低下脑袋，瞪眼望着他的妻子。

“天哪！”他惊叹道，恢复了他自然的面目，“我从未见过一个人的头上长着这样一种眼睛。那样子像是说：‘我要彻底驯服你，我的孩子。’他有一种鹰一样的眼睛。”

“格雷家没一个好人，”鲍尔先生说。

又一次陷入沉默。鲍尔先生转向柯南太太，突然兴奋地说道：

“喂，柯南太太，我们现在要把你男人变成一个善良、圣洁、虔诚而畏惧上帝的罗马天主教徒了。”

他向着所有在座的人挥了一下胳膊。

“我们大家准备一起去做次静修，忏悔我们的罪过——上帝知道，我们非常需要。”

“我无所谓，”柯南先生说，有点不自然地微微一笑。

柯南太太觉得最好不显出高兴的样子。于是她说：

“我真同情那位可怜的神父，他不得不听你们那种故事。”

柯南先生的表情变了。

“如果他不愿意听，”他生硬地说，“他可以……干别的事。我将只告诉他我自己一件烦恼的小事。我并不是那种坏人——”

卡宁汉先生立刻打断了他的话。

“我们大家都要抛弃那个魔鬼，”他说，“大家一起来，别忘了他的花招和诱惑。”

“滚到后面去，撒旦！”福加第先生说，一边哈哈笑着，一边望着众人。

鲍尔先生沉默不语。他觉得自己作为主持人完全被超越了。但他脸上仍然闪现出一种喜悦的表情。

“所有我们要做的，”卡宁汉先生说，“就是手持点燃的蜡烛站着，重申我们洗礼时的誓言。”

“对了，别忘了蜡烛，汤姆，”麦考伊先生说，“不论你做什么。”

“什么？”柯南先生问。“我一定要带蜡烛？”

“啊，是的，”卡宁汉先生回答。

“不，见他的鬼吧，”柯南先生激动地说，“我是有限度的。我会很好地做那件事。我会参加静修、忏悔，以及……所有那种事。但是……不拿蜡烛！不，见他的鬼去，我决不拿蜡烛！”

他带着滑稽的庄重神态摇了摇头。

“听听那是什么话！”他妻子说。

“我决不拿蜡烛，”柯南先生说，他意识到已经对听众产生了某种效果，继续来回晃动他的脑袋。“我拒绝幻灯这样的玩意儿。”

大家都开怀大笑。

“你真是个绝好的天主教徒！”他妻子说。

“不要蜡烛！”柯南先生执拗地重复说。“坚决不要！”

* * * * *

加第纳大街的耶稣会教堂里几乎挤满了人，然而一些绅士仍然不时从侧门进来，在教友的引导下，踮着脚沿侧廊走动，直到找地方坐下。

这些绅士们个个衣冠楚楚，礼貌有序。教堂里的灯光照亮了一大片黑衣白领，这里那里衬托出一些花呢子衣服；它还照亮了绿色大理石柱子上斑驳的暗点，照亮了显得阴郁的油画。绅士们坐在长凳上，把他们的裤子微微拉过膝盖，将帽子平稳地放好。他们坐得相当靠后，一本正经地凝望着远处悬在高祭坛前面的点点红灯。

在靠近讲坛的一条长凳上，坐着卡宁汉先生和柯南先生。在后面的凳子上，坐着麦考伊先生一人；在麦考伊先生后面的凳子上，坐着鲍尔先生和福加第先生。麦考伊先生曾试图和他们同坐一条板凳，但没有成功；后来当他们坐下形成一朵梅花的形状时，他试图幽默几句，也没有成功。既然别人对他的幽默话没什么反应，他也只好作罢。甚至他也感觉到了庄重的气氛，开始对宗教的激励有所反应。卡宁汉先生对柯南先生低声耳语，让他注意坐得与他们有段距离的放债者哈福德先生，还有选举注册代理和决定市长人选的范宁先生，他就坐在讲坛下面，旁边是一位该选区新选的议员。他们的右边坐着拥有三家当铺的老板老麦克尔·格莱姆斯，还有丹·霍根的侄子，他正在谋求市秘书处的位子。更前面的前排坐着《自由人报》的首席记者亨德利克先生，还有柯南先生的老友、可怜的奥卡洛尔先生，他一度也是商界的重要人物。由于柯南先生认出了一些熟悉的面孔，他渐渐地觉得自在多了。他那顶已被妻子整好的帽子放在膝盖上。有一两次，他用一只手拉下袖口，用另一只手轻轻地、但却牢牢地捏着帽檐儿。

人们看到，一个显得颇有力量的人物，上身穿着白色法衣，挣扎着登上讲坛。与此同时，会众们骚动起来，他们掏出手绢，小心翼翼地跪在上面。柯南先生也效仿众人跪下。这时神父在讲坛上站直身子，有三分之二露在坛栏的上面，顶着一张硕大的红脸。

珀顿神父跪下，转向红灯，双手掩着脸祈祷起来。过了一会儿，他放开手站起身子。会众也跟着站立起来，重新坐到凳子上。柯南先生把帽子又照原样放到膝上，露出一副专心听讲的表情。神父用力地挥动胳膊，做着大的手势，宽大的法衣袖子甩到了后边；他慢慢地审视着一排排面孔，然后说道：

“事实上，属世界的人在这方面确比光明的儿女来得乖巧。我告诉你们，要善用今世的钱财，广结人缘。这样，当金钱失去价值时，朋友就会永远接待你们。”

珀顿神父以引起共鸣的自信演绎这段经文。他说，在整个《圣经》中，这是最难作出正确解释的一段经文。对一个漫不经心的读者来说，这段经文似乎与耶稣基督在其他地方解释的高尚道德不相一致。但是，他告诉他的听众，他觉得这段经文对某些人特别适合，有指导他们的作用，因为他们注定要过世俗生活，但又不想像追名逐利的世俗之徒那样来生活。这是一段适合商人和专业人员的经文。耶稣基督对人类本性的每一个罅隙都有异常透彻的了解，因此他知道并非所有的人都要过宗教生活，绝大多数人都被迫生活在这个世界上，而且在一定程度上他们为这个世界而生活：耶稣基督用这句话旨在给他们一个忠告，他把那些无限崇拜财神而实是人间最不关心宗教事务的人，作为宗教生活中的典范放到了他们面前。

他告诉他的听众，那天晚上他在那里并不想吓唬谁，也没有非分的目的；而只是作为一个世俗的人与朋友们随便谈谈。他是来跟商界的人谈话的，因此他会以商界的方式跟他们交谈。他说，如果他可以用比喻的话，他就是他们灵魂上的会计师；他希望他的听众每一个都打开自己的账本，自己灵魂生活的账本，看看它们是否与良心完全一致。

耶稣基督并不是个严厉的监工。他理解我们微小的失误，理解我们可怜的堕落了的天性中的弱点，也理解这种生活中的种种诱惑。我们可能受过诱惑，我们所有的人都常常受到诱惑：我们可能有过失误，我们所有的人都有失误。但是只有一件事情，他说，他要求他的听众们去做。这就是：对上帝要正直果敢。如果他们的账目每一点都一致，那就可以说：

“好了，我已经核对过我的账目。我发现完全正确。”

然而也可能出现差错，如果发生这种情况，那就要承认事实，应该坦率，像个男子汉那样：

“我已经核对过我的账目。我发现这项错了，这项也错了。但是，仰赖天主的圣恩，我决心改过所有的错误。我会把我的账目纠正过来。”

死　者

李莉，看门人的女儿，几乎没有一点儿歇脚的时间。她刚刚把一个男士领进底层厨房后面的餐具室，帮他脱下外套，前门的门铃又不停地响了起来，于是她只得急匆匆地穿过空荡荡的过道，引进另一个客人。好在她不必去照顾女客。可是凯特小姐和朱丽娅小姐早就想到了这点，已经将楼上的浴室临时改成了女士们的更衣室。凯特小姐和朱丽娅小姐此时正待在那里，说说笑笑，又吵又闹，她们先后走到楼梯口，把头伸过栏杆向下张望，对楼下的李莉呼喊，问她是谁来了。

莫肯家小姐们的一年一度的舞会，一向是件大事。凡是认识她们的人，家庭的成员，家里的老朋友，朱丽娅唱诗班的伙伴，已经差不多长大成人的凯特的学生，甚至玛丽·简的一些学生，全都来参加。没有一次舞会不是热热闹闹的。多年以来，凡是人们能记得的，每次都开得光彩壮观。凯特和朱丽娅在她们的哥哥帕特去世之后，便离开了在斯托尼巴特的房子，带着她们唯一的侄女玛丽·简，一起住到了阿舍尔岛上这座阴暗、萧条的房子，她们从楼下做谷物生意的福尔汉姆手里租下了上面一层。自那以后，年年都举行盛大的舞会。现在已经足足有三十年了。她们刚搬来的时候，玛丽·简还是个穿短衣服的小女孩，现在已经是这家的支柱了，因为她在哈丁顿路教弹奏风琴。她上过专科学校，并且每年都在安提恩特音乐厅的楼上乐室里举办一次学生音乐会。她的许多学生都是金斯顿和达尔基一带上等家庭的孩子。她的两个姑妈虽然年事已高，却也还做一些工作。朱丽娅尽管头发灰白，仍然是“亚当和夏娃”唱诗班的首席女高音；凯特太虚弱，不宜过多走动，便在后屋用那架旧的方形钢琴给初学者上音乐课。看门人的女儿李莉，为她们做家庭女仆的工作。她们的生活虽然简朴，但主张吃得要好；一切食品都是最好的：菱形骨牛排，三先令一磅的茶叶，上等的瓶装黑啤酒。李莉照吩咐办事，极少出错，因此与三个女主人处得很好。她们都爱大惊小怪，但也不过如此而已。她们唯一不能容忍的事就是顶嘴。

当然，在这样一个晚上，她们大惊小怪也有充分的理由。当时早已过了十点，然而还不见加布里埃尔和他妻子的影子。此外，她们也非常担心弗雷迪 · 马林斯会喝得醉醺醺的才来。她们决不愿意玛丽 · 简的学生看见他那个样子；而每当他喝醉时，有时候还真拿他没办法。弗雷迪 · 马林斯总是晚来，但她们不知道什么事绊住了加布里埃尔：那就是为什么她们每两分钟便走到楼梯扶栏处，问李莉加布里埃尔或弗雷迪是否来了。

"哦，康洛伊先生，"李莉为加布里埃尔开门时对他说，"凯特小姐和朱丽娅小姐还以为你不来了呢。晚上好，康洛伊太太。"

"我料到她们会这么想的，"加布里埃尔说，"可她们忘了，我太太要花整整三个小时梳妆打扮。"

他站在门口的垫子上，搓去套鞋上的雪污，与此同时，李莉把他的太太引到楼梯底下，口里喊道：

"凯特小姐，康洛伊太太来了。"

凯特和朱丽娅立刻摇摇摆摆从昏暗的楼梯上走了下来。她们二人分别吻了吻加布里埃尔太太，说她一定给活活地冻僵了，接着又问她加布里埃尔是否和她一起来了。

"我在这里，像铠甲一样结实，凯特姨妈！你们先上去。我随后就来，"加布里埃尔在暗处喊道。

他继续使劲搓他的双脚，三个女人高兴地笑着上了楼，向女更衣室走过去。薄薄的一缕雪像披肩似的盖着他大衣的双肩，套鞋头上的雪像是套鞋的包头；他解开大衣上的钮扣时，被雪冻硬的粗呢子发出咯吱咯吱的声响，一股来自户外的寒冷的香气从衣缝和皱褶中溢出。

“是不是又下雪了，康洛伊先生？”李莉问。

她在前面把加布里埃尔引到餐具室，帮他脱掉大衣。加布里埃尔听她称呼自己的姓名时用三个音节，微笑着瞥了她一眼。她身材细长，是个正在成长的姑娘，面色苍白，头发呈干草似的黄色。餐具间的煤气灯照得她的脸更显苍白。她还是个孩子时加布里埃尔就认识她了，那时她常常坐在最下面的一层台阶上，抱着个破布娃娃玩耍。

“是的，李莉，”他答道，“我看会下一夜呢。”

他抬头望望餐具间的天花板，由于楼上踏脚和走动震得天花板直颤动；他听了一会儿钢琴弹奏，然后又瞥了一眼女孩，她正在搁板的另一端小心地叠他的大衣。

“告诉我，李莉，”他以友善的口气说，“你还上学吗？”

“哦，不上了，先生，”她回答，“今年以来我就不上了。”

“喔，那么，”加布里埃尔高兴地说，“我想最近某个好日子我们会去参加你和你那年轻人的婚礼了，对吧？”

女孩回头瞥了他一眼，苦涩地说：

“现在的男人全是骗子，千方百计占你的便宜。”

加布里埃尔满脸通红，仿佛他觉得自己做了什么错事，于是他不再看她，蹬掉脚上的套鞋，灵巧地用围巾轻轻地掸了掸他的漆皮鞋。

他是个身材结实、个儿高高的年轻人。他的双颊一直红到了前额，在额头分散成几片不成形状的淡红；在他没有胡子的光溜溜的脸上，架着一副亮光光的金边眼镜，不停地闪着光辉，遮住了他那一双敏锐而不安的眼睛。他油光乌黑的头发从中间分开，长长地弯曲着梳向耳后，在帽子压成的辙纹下面微微地卷起。

他擦亮皮鞋之后，便站起身来，往下抻了抻背心，使它更贴紧他那丰满的身体。然后他从口袋里迅速摸出了一枚硬币。

“喔，李莉，”他把硬币塞进她的手里说，“过圣诞节了，对吧？这里只是……一点点……”

他快步朝门口走去。

“啊，不，先生！”女孩大声说，向他追了过去。“真的，先生，我不要。”

“过圣诞节了！过圣诞节了！”加布里埃尔说，几乎小跑着奔向楼梯，一边挥着手请他收下。

女孩见他已走上楼梯，在他身后喊道：

“好吧，谢谢您了，先生。”

他在客厅门外等候华尔兹舞结束，听着裙子的摩擦声和脚步的踢踏声。他仍然因那女孩尖刻突然的反驳而有些失态。这使他情绪低落，为了驱散这种情绪，他整了整袖口和领结。然后他从背心的口袋里掏出一张纸片，看了看他为自己演讲准备的提纲。他对是否引用罗伯特·勃朗宁的几行诗犹豫不定，因为他担心他的听众会理解不了。引用莎士比亚的诗或引用情歌会更好一些，他们赏识这些东西。那些男人笨拙的鞋跟磕碰声和鞋底的踢踏声，使他想到了这些人的文化程度与他的不同。如果对他们引用他们不可能理解的诗，那只能使他自己显得滑稽。他们会觉得他是在炫耀自己所受的高等教育。他会在他们面前失败，就像在楼下餐具间里和女孩的谈话失败一样。他一开始就把调子定错了。他的整个讲稿从头到尾都是个错误，是个彻底的失败。

恰在那时，他姨妈和妻子从更衣间里走了出来。他的两个姨妈都是又矮又小、穿着朴素的老太太了。朱丽娅姨妈大概略高一个英寸。她的头发低垂，覆盖着耳朵的上部，已经灰白；她那宽而松弛的脸，由于较暗的阴影也变得灰白。虽然她身体壮实，腰板挺直，但她那迟钝的眼睛和微启的双唇，使人一眼便看出她是个上了年纪的女人，不知道自己在什么地方，也不知该去什么地方。凯特姨妈精神多了。她的脸色比她姐姐的健康，布满了皱纹和折痕，像只萎缩了的红苹果，她的头发还是照老样子盘起来，仍然没有失去熟栗子那样的颜色。

她俩坦诚地吻了吻加布里埃尔。他是她们最喜欢的外甥，是她们已故的姐姐爱伦的儿子。爱伦曾嫁给船坞公司的 T · J · 康洛伊先生。

“加布里埃尔，格丽塔对我说，你们今晚不打算坐马车回蒙克斯顿，”凯特姨妈说。

“是的，”加布里埃尔说，一面转向他的妻子，“我们去年受够了坐马车的罪，对吧？凯特姨妈，您还记得格丽塔坐马车冻成什么样子吧？马车的窗子一路咔嗒咔嗒响个不停，刚过了默里恩，东风就直往里灌。风真是太大了。格丽塔患了要命的感冒。”

凯特姨妈严肃地皱着双眉，每听完一句就点一次头。

“不错，加布里埃尔，非常正确，”她说。“多加小心总不会错的。”

“可是还有格丽塔呀，”加布里埃尔说，“要是依着她，她宁愿踏着雪走回家去。”

康洛伊太太咯咯地笑了。

“别理他，凯特姨妈，”她说。“他可真是太麻烦了，什么汤姆的眼睛夜里要戴绿眼罩啦，让他练哑铃啦，强迫伊娃吃麦片粥啦。可怜的孩子！她看见麦片粥就恶心。……哦，可你们绝对猜不出，他现在要我穿些什么！”

她发出一阵响亮的笑声，看了看她的丈夫。他那赞赏而幸福的目光，正从她的衣服上往她的脸上和头发上游动。两位姨妈也开怀大笑，因为加布里埃尔的过度关心一向是她们的笑料。

“套鞋！”康洛伊太太说。“那是最近的事。只要脚下的地一湿，我就必须穿上套鞋。甚至今天晚上，他也要我穿上，可我就是不肯。下次他要给我买东西，想必是一套潜水衣了。”

加布里埃尔不自然地笑了笑，然后又自信地拍了拍他的领带；而凯特姨妈却几乎笑弯了腰，因为这个笑话太让她开心了。很快，朱丽娅姨妈脸上的笑容不见了，她将闷闷不快的目光转到了外甥女的身上。停了一会儿，她问：

“什么是套鞋，加布里埃尔？”

“套鞋呀，朱丽娅！”她妹妹有些惊讶。“天哪，难道你不知道什么是套鞋？你把它们套在……套在你的靴子外面，对吧，格丽塔？”

“对，”康洛伊太太说。“是用‘古塔’胶做的。现在我们俩各有一双。加布里埃尔说欧洲大陆上人人都穿它们。”

“喔，欧洲大陆上，”朱丽娅姨妈咕咕哝哝，慢慢地点了点头。

加布里埃尔皱起眉头，似乎有点生气地说：

“这不是什么新奇的东西，但格丽塔觉得非常滑稽，她说套鞋这个词使她想到了克里斯蒂剧团。”

“可是，告诉我，加布里埃尔，”凯特姨妈爽快而得体地说。“当然，你已经找好了房间。格丽塔刚才说……”

“哦，房间是安排好了，”加布里埃尔答道。“我已经在格雷沙姆订了一个房间。”

“诚然，”凯特姨妈说，“这事做得最好了。可是还有孩子们，格丽塔，你不担心他们吗？”

“啊，只有一夜，”康洛伊太太说。“再说，贝茜会照顾他们的。”

“说真的，”凯特姨妈又说，“有那样一个姑娘该多放心呀，一个能靠得住的姑娘。你看看那个李莉，我真不知道她最近是怎么了。好像换了个人，根本不是从前的她了。”

这时，加布里埃尔正想问他姨妈几个问题，她却突然中止了谈话，注视着她姐姐朱丽娅慢悠悠地走下楼梯，把脖子伸出栏杆外探视。

“喂，我问你们，”她几乎生气地说，“朱丽娅要去哪里？朱丽娅！朱丽娅！你到哪里去呀？”

朱丽娅已经走到上段楼梯的半腰，她折回来和蔼地宣布说：

“弗雷迪来了。”

就在这同一时刻，一阵掌声和钢琴演奏的最后一个华丽的乐段传来，宣告了华尔兹的结束。客厅的门从里面打开，几对舞伴走了出来。

凯特姨妈赶紧把加布里埃尔拽到一边，凑着他的耳朵小声说：

“悄悄地下去，加布里埃尔，要显得热情而亲切，看看他是否没事，要是他喝醉了别让他上楼。我肯定他喝醉了。我敢肯定。”

加布里埃尔走到楼梯，将头探过栏杆听了听。他听得见两个人正在餐具间里交谈。接着他听出了弗雷迪 · 马林斯的笑声。于是他咚咚咚地走下楼去。

“让人放心的是，”凯特姨妈对康洛伊太太说，“加布里埃尔在这里。只要他在，我心里就觉得踏实。……朱丽娅，戴莉小姐和鲍尔小姐出来了，她们想吃点点心。戴莉小姐，谢谢你弹的优美的华尔兹。实在是令人愉快。”

一个面容枯萎的高个子男人和他的舞伴走出。他蓄着硬挺的灰白胡子，皮肤黝黑，走过身边时问道：

“我们是不是也可以吃点儿点心，莫肯小姐？”

“朱丽娅，”凯特姨妈即刻说道，“这是布朗先生和福龙小姐。朱丽娅，让他们与戴莉小姐和鲍尔小姐一起去吧。”

“我是个女士们喜欢的男人，”布朗先生说。他噘起嘴，翘起他的胡子，笑得一脸皱纹。“你知道，莫肯小姐，她们这么喜欢我的原因是——”

他没有说完这句话。因为，他一发现凯特姨妈听不见他说话，便立刻领着三位年轻的女士到后屋去了。屋子中间放了两张方桌，头对头地摆着，朱丽娅姨妈正和看门人把一块大桌布铺在桌子上扯平。餐具柜上摆着杯盘碗碟和一束束刀叉及汤匙。方形大钢琴合着的盖子也当成餐桌用了，上面摆着食品和水果。在屋角一个小些的餐柜旁边，两个年轻人正站着喝蛇麻子苦啤酒。

布朗先生把三个让他照顾的女士带到那里，开玩笑地请她们都喝点又热、又烈、又甜的女用合成酒。然而她们说她们从来不喝烈性的东西，于是他便为她们开了三瓶柠檬水。接着，他又请年轻人中的一位让开一些，拿起带玻璃塞子的细颈酒瓶，给自己斟了一大杯威士忌。当他呷了一口品尝时，年轻人不无敬意地望着他。

“上帝保佑我，”他笑着说，“这是医生的命令。”

他枯萎的脸上绽出一副开朗的笑容，三位年轻的小姐对他的幽默报以音乐般的笑声，直笑得前仰后合，肩头也不停地颤动。其中胆子最大的一位说：

“喂，布朗先生，我敢肯定医生决不会让人做这种事情。”

布朗先生又啜了一口他的威士忌，鬼鬼祟祟装模作样地说：

“喔，你们看，我就像那个著名的卡西第太太，据传她曾说过：‘喂，玛丽·格莱姆斯，假如我不喝，你就强迫我喝，因为我真觉得想喝极了。’”

他热乎乎的脸向前倾着，显得有点过分亲昵，然后他装出一副非常低的都柏林口音，以致三位年轻女士本能地默默听他说话。福龙小姐是玛丽·简的一个学生，她问戴莉小姐刚才她弹的那支美妙的华尔兹舞曲是什么名字；这时布朗先生发现自己受到冷落，便立刻转向那两位更有欣赏力的青年。

一位面色红润、身穿三色紫罗兰的年轻女人来到屋里，她兴奋地拍着双手嚷道：

“跳四对舞！跳四对舞啦！”

凯特姨妈也紧跟着她进来，大声说：

“请两位先生和三位女士，玛丽·简！”

“哦，这里有伯金先生和科里根先生，”玛丽·简说。“科里根先生，你带鲍尔小姐好吗？福龙小姐，让我给你找个舞伴，伯金先生。啊，现在正好。”

“要三位女士，玛丽·简，”凯特姨妈说。

两位年轻的先生邀请女士们跳舞，玛丽·简转向戴莉小姐。

“啊，戴莉小姐，你真是太好了，你刚才已经给两场舞伴奏过了，可是今晚我们的女舞伴实在是太少。”

“我一点也不在意，莫肯小姐。”

“不过，我给你找了个绝好的舞伴，就是巴特尔·达尔西先生，那位男高音。待会儿我要请他唱歌。整个都柏林都为他疯狂了。”

“绝妙的嗓音，绝妙的嗓音！”凯特姨妈说。

当钢琴弹了两次第一乐段的序曲时，玛丽·简急忙带着她请的几位离开了屋子。他们刚走，朱丽娅姨妈慢悠悠地走了进来，一边回头向身后望着什么。

“怎么啦，朱丽娅？”凯特姨妈急切地问道。“是谁呀？”

朱丽娅拿进来一卷餐巾，她转向姐姐，好像这问题使她感到惊讶似的，简单地说道：

“就是弗雷迪，凯特，加布里埃尔陪着他。”

事实上，就在她身后，可以看见加布里埃尔正领着弗雷迪·马林斯走过楼梯的平台。后者是个大约四十岁的年轻人，与加布里埃尔个头身材差不多，有一副浑圆的肩膀。他的脸肉乎乎的，有些苍白，只在肥厚的耳垂和宽大的鼻翼上浮现出些微红润。他相貌粗俗，矮鼻子，额部上凸下陷，嘴唇厚而卷突。他那厚重下垂的眼睑和稀疏凌乱的头发，使他显出一副没睡醒的样子。由于他在楼梯上给加布里埃尔讲的一个故事，他尖声地开怀大笑，同时用他左拳的指关节来回揉着他的左眼。

“晚上好，弗雷迪，”朱丽娅姨妈说。

弗雷迪·马林斯向莫肯小姐们道声晚安，看上去非常随便，其实他说话时有习惯性的哽噎；然后，他看见布朗先生站在餐柜旁边正冲着他咧嘴，便摇摇晃晃走过房间，开始低声重复他刚才给加布里埃尔讲的故事。

“他不怎么醉，是不是？”凯特姨妈对加布里埃尔说。

加布里埃尔紧皱双眉，但随即便舒展开来，答道：

“哦，不，几乎看不出来。”

“其实，他真不是个可怕的家伙！”她说。“而他可怜的母亲竟在除夕之夜让他发誓。来吧，加布里埃尔，到客厅里去。”

她在和加布里埃尔离开房间之前，皱了皱眉头，又来回晃了晃她的食指，暗示布朗先生要注意自己。布朗先生点头作答，等她走后，便对弗雷迪·马林斯说：

“喂，泰迪，让我给你倒一大杯柠檬水，提提精神。”

弗雷迪·马林斯正要讲到故事的高潮，不耐烦地挥挥手，拒绝了他的好意，但布朗先生先让马林斯注意他衣服的杂乱，然后便给他倒了满满一杯柠檬水递了过去。弗雷迪·马林斯的左手机械地接过杯子，而右手则忙于机械地整理他的衣服。布朗先生再次笑得满脸皱纹，又给自己倒了一杯威士忌。这时，马林斯的故事还没真正达到高潮，但他自己却爆发出一阵咳嗽般的尖声大笑，他一边放下尚未尝过、晃得溢出来的杯子，一边又开始用他左拳的指关节来回揉他的左眼，强忍着咳笑，重复最后讲过的一段。

*　　*　　*　　*　　*

玛丽·简正在寂静的客厅里弹奏学院派乐曲，其中充满了速奏和困难的乐章，但加布里埃尔却听不进去。他喜欢音乐，但她弹奏的曲子他觉得没有主调旋律，而且他也怀疑其他听众是否会觉得有什么主调旋律，尽管他们都曾要求玛丽·简为他们弹奏点什么。四个年轻人听到钢琴声从吃点心的房间里赶来，停立在门口，几分钟之后便又一对对离去。真正能欣赏这音乐的似乎只有两个人，一个是玛丽·简本人，她的双手沿着琴键快速移动，时而跃起停顿一下，像女祭司短暂祈求时的手势；另一个是凯特姨妈，她站在玛丽·简的肘边为她翻着乐谱。

打着蜂蜡的地板在辉煌的枝形吊灯下闪闪发光，加布里埃尔的眼睛受不了闪光的刺激，便巡视着钢琴上面的墙壁。那里挂着一幅画，画的是《罗密欧与朱丽叶》里的阳台幽会场景；它的旁边是另一幅画，表现两个王子在塔楼遇害的故事，是朱丽娅姨妈年轻时用红、蓝、棕三色毛线绣成的。也许在她们上的那个学校里，女孩子要学一年这样的手工课。他母亲曾给他织过一件紫色羊毛背心作为生日的礼物，背心上有小狐狸头图案，镶棕色缎边，配着紫红色的钮扣。奇怪的是，他母亲没有任何音乐才能，而凯特姨妈却总说她集中了莫肯家的才智。她和朱丽娅二人似乎一向为她们这个庄重的、母亲般的姐姐而有些感到骄傲。她的照片摆在穿衣镜前面。她拿着一本打开的书放在膝上，指着书里的东西给康士坦丁看；康士坦丁拿着一套海军服，躺在她的脚旁。她儿子们的名字全是由她起的，因为她对家庭生活中的尊严十分敏感。正是由于她，康士坦丁现在成了鲍布里根的高级助理牧师；也正是由于她，加布里埃尔自己才在皇家大学获得了学位。当他回想她阴沉着脸反对他的婚姻时，他的脸上掠过了一片阴云。她当时用过的一些轻蔑词语，仍然使他想起来便隐隐作痛；有一次她谈到格丽塔，说她像乡下人那样矫揉造作，其实格丽塔根本不是那个样子。她在蒙克斯顿老宅临终前长期卧病期间，全是由格丽塔服侍她的。

他知道玛丽·简快要弹完她的曲子了，因为她又弹起开头时的旋律，而且每一小节后面都有一段速奏。他等着曲子的结束，怨恨的心情也渐渐消逝。乐曲以高八度的颤音和最后深沉的低八度音结束。听众对玛丽·简报以热烈的掌声，而她却有些羞臊而紧张地卷起乐谱逃出了客厅。最热烈的掌声来自门口那四个年轻人，曲子开始时他们到休息间去了，曲终时又折了回来。

四对舞开始了。加布里埃尔发现自己的舞伴是爱佛斯小姐。她是个落落大方、善于言谈的年轻女士，脸上长有雀斑，褐色的眼睛有些凸鼓。她没有穿袒胸的衣服，领前别着一枚大大的胸针，上面有某个爱尔兰的纹章和格言。

他们站好位置时，她突然开口说：

“今天我有件事想问你个明白。”

“问我？”加布里埃尔说。

她严肃地点了点头。

“什么事？”加布里埃尔问，对她一本正经的样子微微一笑。

“G.C.是谁？”爱佛丝小姐答问，一边用眼睛盯着他。

加布里埃尔红了脸，他正要皱起眉头装作没有听懂时，她又突兀地说道：

“啊，天真的爱弥！我发现你给《每日快报》撰稿。怎么样，你不觉得害羞么？”

“我为什么觉得害羞呢？”加布里埃尔反问，眨眨眼睛想露出笑容。

“好呀，我倒替你害羞呢，”爱佛丝小姐坦率地说。“你竟然会为那样一家报纸写稿。我以前没想到你竟是个西不列颠人①。”

加布里埃尔脸上露出一种窘困的表情。确实，他每星期三为《每日快报》写一个文学专栏，为此他得到十五先令的报酬。但那样做决不会使他成为一个西不列颠人。他收到的那些让他写评论的书，远比那张微不足道的支票让他动心。他喜欢抚摸新出版的书的封面，翻阅崭新的书页。几乎每天在大学教完课之后，他都要到码头一带的旧书店去逛逛，比如巴奇勒人行道上的希基书店，阿斯顿码头上的韦伯书店或马西书店，或者巷子里的奥克罗希赛书店。他不知道如何对待她的指责。他想说文学是超越政治的。但他们是多年的朋友，而且他们的经历也大致相同，先是上大学，然后当老师：他不能冒险对她说一句自以为是的大话。他继续眨着眼睛想露出笑容，并且结结巴巴地低声说，他看不出写书评与政治有什么关系。

当轮到他们转到对面时，他仍然陷入窘困之中，茫茫然心不在焉。爱佛丝小姐热情地一把抓住他的手，温柔而友好地说道：

“当然，我不过是开开玩笑。来吧，我们该绕过去了。”

---

① “West Briton”是爱尔兰的一种贬义说法，指土生土长却崇拜英国的爱尔兰人。

等他们再度一起时，她谈起大学的问题，加布里埃尔觉得宽松多了。她的一个朋友给她看过他写的关于勃朗宁诗歌的评论。这就是她发现秘密的由来：但她非常喜欢那篇评论。接着她突然说：

“哦，康洛伊先生，今年夏天你愿不愿意去阿兰群岛旅行？我们准备在那里住一个月。置身大西洋之中一定很有意思。你应该来。克兰西先生要来，基尔克利先生和凯瑟琳·基尔尼也来。如果格丽塔来，她也会觉得极有意思。她是康纳特人，对吧？”

“她祖上是那里的，”加布里埃尔简短地说。

“可是你会来的，是不是？”爱佛丝小姐说，一边把她温暖的手热切地搭到他的臂上。

“事实是，”加布里埃尔说，“我刚刚安排好去——”“去什么地方？”爱佛丝小姐问。

“啊，你知道，每年我都和几位朋友去作一次骑自行车旅行，所以——”

“可是去什么地方呢？”爱佛丝小姐问。

“哦，一般我们去法国或比利时，或许还去德国，”加布里埃尔尴尬地说。

“为什么去法国和比利时，”爱佛丝小姐说，“而不去看看自己的国家？”

“哦，”加布里埃尔说，“一方面是与这些国家的语言保持接触，一方面是换换环境。”

“难道你不要和你自己的语言——爱尔兰语保持接触么？”爱佛丝小姐问。

“啊，”加布里埃尔说，“如果说到这一点，你知道，爱尔兰语并不是我的语言。”

他们旁边的人都转过来听这一来一往的盘问。加布里埃尔不安地看看左右，虽然他尽量在这窘困的情况下保持自己的风趣，但他的前额也已泛起了红晕。

“难道你没有自己的国家可以去看看？”爱佛丝小姐继续说，“你对自己的人民，自己的祖国究竟知道多少？”

“哦，说实话，”加布里埃尔突然反驳说，“我讨厌我自己的国家，讨厌它！”

“为什么？”爱佛丝小姐问。

加布里埃尔没有回答，因为他的反驳使他激动起来。

“为什么呀？”爱佛丝小姐再次问道。

他们得一起穿梭对舞，既然他没有回答，爱佛丝小姐便温和地说道：

“当然，你答不出来。”

加布里埃尔为了掩饰他的激动，便非常起劲地跳舞。他避开她的目光，因为他看见她脸上显出一种酸楚的表情。不过，当他们在长队里再次相遇时，他惊讶地发觉自己的手被紧紧地握住。她从眉毛下疑惑地瞄视了他一会儿，直到他露出了微笑。然后，就在舞队又要开始之时，她踮着脚对着他的耳朵低声说：

“西不列颠人！”

四对舞结束后，加布里埃尔走到房间偏僻的一角，弗雷迪·马林斯的母亲正在那里坐着。她是个矮胖羸弱、满头白发的老妇人。她的声音和她儿子的一样，也有些吞噎，讲话稍微有点结巴。有人告诉她弗雷迪已经来了，而且几乎没有一点醉态。加布里埃尔问她渡海过来时是否一切顺利。她跟她结了婚的女儿住在格拉斯哥，每年到都柏林来访问一次。她平静地回答说她渡海时顺利极了，船长对她格外照顾。她还说到她女儿在格拉斯哥的漂亮的房子，以及她们在那里所有的朋友。在她东拉西扯说个不停的时候，加布里埃尔极力想从他脑海里抹去与爱佛丝小姐的不愉快的插曲。当然，那个女孩或女人，或者不管她是什么，无疑是个热心的人，可是什么事都得有个时间呀。或许他不该那样回答她。

然而即使是个玩笑，她也无权当众称他是西不列颠人。她试图在众人面前使他出丑，当众诘问他，还用她那双兔子似的眼睛盯着看他。

他看见自己的妻子正穿过一对对跳华尔兹的人向他走来。来到他面前时，她对着他的耳朵说：

“加布里埃尔，凯特姨妈让我问问你，是不是一如既往由你来切鹅肉。戴莉小姐负责切火腿，我切布丁。”

“没问题，”加布里埃尔说。

“这场华尔兹一结束，她就把那些年轻人先打发到客厅里来，那样我们就可以在桌子上干活了。”

“刚才你跳舞了吗？”加布里埃尔问。

“当然跳了。你没看见我？你和莫莉·爱佛丝小姐吵什么呢？”

“没吵呀。怎么啦？她说我们吵了吗？”

“意思是吧。我正想法子让那位达尔西唱歌。我觉得他怪傲气的。”

“我们根本没吵，”加布里埃尔不快地说，“她只是要我到爱尔兰西部旅行，我说我不想去。”

他妻子兴奋地拍拍手，还跳了一下。

“啊，去嘛，加布里埃尔，”她说。“我真想再看看高尔韦岛。”

“你想去你可以去嘛，”加布里埃尔冷冷地说。

她看了他一会儿，然后转向马林斯太太说：

“瞧跟你说话的人是个多好的丈夫，马林斯太太。”

在她又穿过人群回去的时候，马林斯太太未注意谈话的中断，继续向加布里埃尔讲述苏格兰的风景名胜和旖旎风光。她的女婿每年都和家人到湖区去，他们还常常钓鱼。她的女婿是个钓鱼的好手。有一天他钓了一尾漂亮的大鱼，旅馆里的主人帮他们烹好当作晚餐。

加布里埃尔几乎没有听见她说了些什么。现在，由于晚饭时间快到了，他又开始想他的演讲和引文。当他看见弗雷迪·马林斯穿过房间来看他母亲时，加布里埃尔便把椅子空出来让给他，自己退到窗口的凹处。餐具间已经清好，从后屋传来了盘子和刀子磕碰的叮当声。仍然留在客厅里的那些人似乎已经跳累了，正在三五成群地静静地交谈。加布里埃尔温暖颤抖的手指弹着冰冷的窗玻璃。外面该是多冷呀！独自一人出去散散步，先沿着河走，再穿过公园，那该多么愉快呀！雪会积聚在树枝上，会在威灵顿纪念碑顶上形成一个明亮的雪帽。在那里一定比在晚餐桌上愉快多了！

他很快地看了一遍他的演讲提纲：爱尔兰人热情好客，不幸的回忆，三女神，帕里斯，引用勃朗宁的诗句。他对自己重复了一遍他在评论中写过的一个句子："一个人觉得他正在倾听心潮汹涌的心声。"爱佛斯小姐刚才称赞过这篇评论。她真心称赞吗？在她宣传的那一套主张背后，她是否真正有任何自己的生活？直到这天晚上以前，他们谁对谁也不曾有过不好的感觉。想到她坐在晚餐桌上，在他演讲时用挑剔讥讽的目光望着他，真使他忐忑不安。也许她看见他演讲失败一点也不会同情。突然一个念头出现在他的脑际，给他鼓起了勇气。他将以暗示凯特姨妈和朱丽娅姨妈的方式说："女士们，先生们，我们当中现在处于黄昏期的一代人，可能有自己的短处，但我个人认为，这代人有不少美德，如热情好客，幽默、仁慈，而我们周围正在成长的新的一代，虽然非常认真并受过高等教育，在我看来却缺少这些美德。"好极了：这正好适用于爱佛丝小姐。他的姨妈只不过是两个没有学识的老太太，他担心什么呢？

房间里嘁嘁喳喳的低语声引起了他的注意。布朗先生正从门口进来，殷勤地陪着朱丽娅姨妈，她倚着他的胳膊，微笑着，低着头。一阵此起彼落的掌声一直把她送到钢琴旁边，然后，当玛丽·简坐在琴凳上，朱丽娅姨妈也不再微笑，半转过身使屋里所有人都能听清她的声音时，掌声才渐渐停了下来。加布里埃尔听出了弹奏的序曲。那是朱丽娅姨妈的一支老歌——《盛装待嫁》——的序曲。她的歌声音调响亮而清晰，情绪激昂地合着重重装饰性的速奏，虽然唱得很快，但没有漏掉任何一个最小的装饰音。听着那歌声，无须看唱者的表情，人们便会感受并分享那轻快平稳地翱翔的激情。歌声结束时，加布里埃尔和所有其他人都热烈地鼓掌，从看不见的晚餐桌上也传来了响亮的掌声。掌声里充满了真诚，当朱丽娅姨妈弯身将签有她缩写名字的羊皮封面旧歌本放回乐谱架上时，她的脸上禁不住泛出一抹激动的红晕。为了听得更清楚一些，弗雷迪·马林斯曾斜仰着脑袋倾听，当其他人都停止鼓掌时，他仍然在鼓掌欢呼，兴高采烈地向他母亲谈论，而他母亲则认真地、慢慢地点着头默默称许。最后，当他不再鼓掌时，他突然站起身，匆匆穿过房间走到朱丽娅姨妈面前，双手抓住她的一只手摇着，激动得说不出话来，或者说他的嗓音哽噎得太厉害了。

“我刚才对我母亲说，”他说，“我从未听见您唱得这么好，从未听见过。真的，我从未听见您的嗓音像今晚这么漂亮。好呀！现在您相信我说的吧？我说的是实话。我以我个人的人格担保，我说的是实话。我从未听见您的嗓音这么清脆，这么……明澈而清脆，从未听见过。”

朱丽娅姨妈满脸堆笑，低声说了些客气话，抽回她被握住的手。布朗先生向她伸出张开的手，以一个节目主持人向观众介绍一位天才的姿态，对他身边的人说：

“朱丽娅·莫肯小姐，我最新的发现！”

正当他自己对这种举止得意地开怀大笑时，弗雷迪·马林斯转向他说：

“听我说，布朗，要是你认真的话，你可能有一个更糟的发现。我唯一可说的是，自从我到这里来，我从未听见她唱得有一半这么好。这是千真万确的实话。”

“我也没听见过，”布朗说。“我觉得她的嗓音大有改进。”

朱丽娅姨妈耸了耸肩膀，以适中的自豪口气说：

“就嗓音而言，三十年前我倒是有一副不坏的嗓子。”

“我常常对朱丽娅说，”凯特姨妈强调说，“在那个唱诗班里她简直毁了自己。可是她从来不听我的话。”

她转过身，仿佛恳求其他人的高见来训教一个不听话的孩子，但朱丽娅姨妈却凝视前方，脸上隐隐浮现出一副回忆往昔的笑容。

“不，”凯特姨妈继续说，“她不肯听任何人的劝告，不分昼夜，夜以继日地在那个唱诗班里像奴隶似的辛劳。圣诞节一大早六点钟就去了！这都是为了什么呀？”

“可是，那不是为了上帝的荣耀么，凯特姨妈？”玛丽·简在琴凳上转过身微笑着问。

凯特姨妈气呼呼地冲着她的外甥女说：

“上帝的荣耀我清楚得很，玛丽·简，可是我觉得，教皇从唱诗班里把一生在那里当奴隶的妇女们赶出来，让一群乳臭未干的小男孩骑在她们的头上，绝对不是什么荣耀。我想教皇这样做是为了教会的利益。但这是不公正的，玛丽·简，这样做是不对的。”

她越说越激动，本想继续为她妹妹辩护，因为这是一个令她伤心的话题，但玛丽·简看到所有跳舞的人都已回来，便态度平和地把话岔开：

“喂，凯特姨妈，你这是在惹布朗先生不高兴呢，他可是属于另一个教派呀。”

凯特姨妈转向布朗先生，他对这样说他的宗教正咧着嘴发笑，于是凯特姨妈赶紧说：

“哦，我并不怀疑教皇是对的。我不过是个愚笨的老太太，没想到会做这样的事情。然而总还有日常的礼貌和感激这样的事吧。假如我处在朱丽娅的地位，我就会直截了当面对面地对希利神父说……”

“另外，凯特姨妈，”玛丽·简说，“我们大家真的都饿了，人一饿了就很容易发火。”

“人渴了的时候也容易发火，”布朗先生补充说。

“所以我们最好去吃晚饭，”玛丽·简说，“以后再来完成这场讨论。”

在客厅外的楼梯平台上，加布里埃尔发现他妻子和玛丽·简正劝说爱佛丝小姐留下来吃晚饭。但爱佛丝小姐不肯留下，她已经戴好帽子，正在扣大衣的扣子。她一点不觉得饿，而且她已经待过了预定的时间。

“可是，只不过十分钟的时间，莫莉，”康洛伊太太说。“不会耽搁你太久。”

“刚跳完舞，”玛丽·简说，“少吃一点嘛。”

“我真的不能再耽搁了，”爱佛丝小姐说。

“我怕你是玩得不痛快吧，”玛丽·简失望地说。

“我向你保证，从未这么痛快过，”爱佛丝小姐说，“可是你现在真的一定得让我走了。”

“可你怎么回家呢？”康洛伊太太问。

“哦，沿码头往上只有几步远。”

加布里埃尔犹豫了片刻说：

“如果你同意，爱佛丝小姐，我可以送你回家，假如你真的非走不可的话。”

但爱佛丝小姐突然离开了他们。

“我不要听这种话，”她嚷道。“看在老天爷的分上，进去吃你们的晚饭吧，别管我了。我挺好的，能自己照顾自己。”

“唉，你真是个怪气的姑娘，莫莉，”康洛伊太太坦率地说。

“晚安，诸位，”爱佛丝小姐笑着大声说，奔下了楼梯。

玛丽·简凝视着她的背影，脸上露出阴郁困惑的表情，康洛伊太太把头探过栏杆，倾听大门的动静。加布里埃尔默默自问，是不是因为他的缘故她才突然离去。但她不像是不高兴的样子：她笑着离去的。他茫然地朝下凝视着楼梯。

这时凯特姨妈摇晃着从餐厅里走出，几乎有些绝望地绞着双手。

“加布里埃尔在哪儿？”她喊道。“加布里埃尔究竟在哪儿呀？大家都在那里等着，桌子腾好了，可没人来切鹅了。”

“我在这儿呢，凯特姨妈！”加布里埃尔喊道，突然变得活跃起来，“如果需要，我随时准备切一群鹅呢。”

一只肥肥的棕颜色的鹅摆在桌子的一端；另一端，在一张点缀着荷兰芹小枝的绉纸垫上，摆着一只大火腿，外皮已经去掉，上面撒满了面包碎屑，胫骨处套着一圈整洁的纸边，旁边是一块加过香料的牛肉。在两道主菜之间，平行摆着一排排配菜：两盘堆得像小教堂似的果子冻，一盘是红的，一盘是黄的；一只浅盘装满一块块鱼胶凉粉和果子酱；一个把如叶梗的绿色叶形大盘里摆着一团团紫色葡萄干和去了皮的杏仁，另一只同样的盘子里是堆成一个坚实的长方形的士麦那无花果；一个盘子里盛蛋糕，顶上撒满了豆蔻；一只小碗装满了用金银纸包着的巧克力和糖果；还有一个玻璃瓶，里面插了不少长长的芹菜茎。桌子正中放着两个矮胖的旧式刻花玻璃酒瓶，一个盛着白葡萄酒，一个盛着红葡萄酒，它们像卫兵似的守着一个果盘，盘子里装着堆成金字塔形状的橙子和美洲苹果。在盖着盖的方形钢琴上，摆着一个黄色大盘，里面盛满了等待取用的布丁；它后面是三排黑啤酒、淡啤酒和矿泉水，依照各自瓶子的颜色排列成行，前两排是黑的，带有棕色和红色的标签，第三排也是最少的一排是白色的，瓶子上横向系着绿色的饰带。

加布里埃尔大模大样地在桌首就座，然后察看了一下刀锋，把他的叉子牢牢地插进了鹅的肉里。现在他心情相当舒畅，因为他是个切肉的行家里手，而且他最喜欢坐在摆满丰盛食品餐桌的桌首。

“福龙小姐，你要点什么呢？”他问。“一个翅膀还是一块鹅脯肉？”

“一小片鹅脯肉就行了。”

“希金斯小姐，你呢？”

“啊，随便什么都行，康洛伊先生。”

当加布里埃尔和戴莉小姐调换鹅肉盘子和火腿及五香牛肉盘子时，李莉端着一盘用白餐巾裹着的热乎乎的粉状土豆分送给每一位客人。这是玛丽·简的主意，她还建议给鹅肉浇上苹果酱，但凯特姨妈说她觉得没有苹果酱的纯烤鹅一向很好，她不希望吃到比这差的鹅肉。玛丽·简照顾着她的学生，让他们得到最好的部分；凯特姨妈和朱丽娅姨妈打开钢琴上的瓶子，把黑啤酒和淡啤酒递给男士们，把矿泉水递给女士们。屋里一片混乱，充满了笑声和嘈杂声，有叫菜和应菜的叫嚷声，有刀叉的碰撞声，还有瓶塞和瓶盖的开启声。加布里埃尔分完了第一轮，自己没尝一口，又开始切分第二轮了。大家都高声鸣不平，于是他表示妥协，喝了一大口黑啤酒，他发现切肉也是件令人出汗的差事。玛丽·简静静地坐下用她的晚餐，可是凯特姨妈和朱丽娅姨妈仍然围着桌子摇摇摆摆地转来转去，一前一后，有时互相挡路，各自互不照应地让人做这做那。布朗先生请求她们坐下吃她们的晚饭，加布里埃尔也请求她们，但她们说有的是时间，最后弗雷迪·马林斯站起身来，抓住凯特姨妈，在大家的笑声中突然把她按在了椅子上。

加布里埃尔给大家分得差不多了，便笑着说：

“喂，假如谁还想要点俗人们说的鹅肚子里的料，请告诉我。”

大家异口同声地请他自己快点用餐，李莉端着她留给他的三个土豆走到他跟前。

“好吧，”加布里埃尔友好地说，又喝了一口为他备好的酒，“女士们，先生们，这几分钟就算把我忘了吧。”

他开始埋头吃饭，不参与桌上的谈话，虽然谈话声淹没了李莉收拾盘子的声音。谈话的主题是正在皇家剧院演出的歌剧团。男高音巴特尔·达尔西先生是个面庞黝黑的年轻人，蓄着潇洒的小胡子，他高度赞扬那个歌剧团的首席女高音，但福龙小姐却觉得她的演出风格相当粗俗。弗雷迪·马林斯说，在舞剧《欢乐》的第二部分里，有个黑人酋长演唱，那是他听到过的最佳男高音之一。

“你听他唱了吗？”他隔着桌子问巴特尔·达尔西先生。

“没有，”巴特尔·达尔西先生心不在焉地回答。

“因为，”弗雷迪·马林斯解释说，“我现在很想听听你对他的意见。我觉得他的嗓音太伟大了。”

“真正好不好要让泰迪来说，”布朗先生随便地对桌子上的人说。

“为什么他不能也有个好嗓子？”弗雷迪·马林斯尖刻地问。“难道只因为他是个黑人？”

无人回答这一问题，玛丽·简又把桌子上的议论引回到正统的歌剧。她的一个学生曾经给过她一张《迷娘》的戏票。当然那场戏很好，她说，但使她想到了可怜的乔治娜·彭斯。布朗先生追溯得更远，追溯到常常来都柏林的老牌意大利歌剧团——提耶让斯、伊玛·德·穆兹卡、坎帕尼尼、伟大的特雷贝里·久格里尼、拉维利、阿格布洛。他说，那才是在都柏林有像样的歌剧可听的日子。他还谈到老皇家剧院的顶座如何常常每夜爆满，有天晚上一个意大利男高音如何应观众要求一连唱了五遍《让我像士兵一样倒下》，而且每遍都唱出一个高音C，最后他谈到顶座上的男孩子们如何热情地从某个女主角的马车上把马卸下，亲自拉着她的车穿过街道把她送到旅馆。可是，为什么他们现在总不上演伟大的旧歌剧《狄诺拉》和《鲁克里齐亚·鲍吉拉》呢？他问。因为他们没有唱那些歌剧的好嗓子：那就是原因。

“哦，这个，”巴特尔·达尔西先生说，“我觉得今天和以前一样有优秀的歌唱家。”

“他们在哪里呢？”布朗先生挑衅地问。

“在伦敦、巴黎、米兰，”巴特尔·达尔西先生热情地说。“举例说，我觉得卡鲁索就很好，即使不比你刚才提到的那些人更好。”

“或许是这样，”布朗先生说。“但我可以告诉你，我非常怀疑。”

“喔，我愿意付高价听卡鲁索唱歌，”玛丽·简说。

“我认为，”凯特姨妈说，她正在剔一块骨头，“只有一个男高音。

我的意思是，使我满意的男高音。但我想你们谁也没有听他唱过。”

“他是谁，莫肯小姐？”巴特尔·达尔西先生彬彬有礼地问。

“他的名字，”凯特姨妈说，“叫帕金森。我是在他唱得最好的时候听他唱的，我认为那时他的嗓音是最纯的男高音。”

“奇怪，”巴特尔·达尔西先生说，“我竟从没有听说过他。”

“是的，是的，莫肯小姐是对的，”布朗先生说。“我记得听过老帕金森唱歌，但对我来说他是太久以前的事了。”

“一个漂亮、纯净、甜美、圆润的英国男高音，”凯特姨妈热情地说。

加布里埃尔吃完之后，一大盘布丁端到了桌上。叉子和勺子的撞击声又响了起来。加布里埃尔的妻子盛出一勺勺布丁，用碟子沿着桌子传递过去。传递中间由玛丽·简接着配上木莓或橘子冻，或者牛奶冻或果酱。布丁是朱丽娅姨妈做的，大家都称赞她的手艺。她自己则说烤得还不够焦黄。

“啊，莫肯小姐，”布朗先生说，“我希望你觉得我够焦黄的了，因为，你知道，我完全是焦黄的①。”

除了加布里埃尔之外，所有的男士们都吃了布丁，以示对朱丽娅姨妈的敬意。由于加布里埃尔从不吃甜食，所以就给他留下了芹菜。弗雷迪·马林斯也拿了一根芹菜就着布丁吃。他听人说芹菜是补血的，而他当时正接受医生治疗。晚饭间一直一言不发的马林斯太太说，她儿子大约一个星期后要去麦勒雷山。于是桌上的人们便谈起了麦勒雷山，诸如那里的空气多么清新，那里的修士多么好客，他们从不向客人收一分钱，等等。

“你们的意思是说，”布朗先生半信半疑地问，“一个人可以到那里去，像住旅馆一样住下来，又吃又喝，然后一分钱不付就离开吗？”

---

① 布朗之英文为 Browne，与黄褐色之 Brown 同音，故布朗先生戏称自己是“焦黄的”。

“啊，大部分人离开时都会给修道院捐些钱的，”玛丽·简说。

“我希望我们教会也有那样一个机构，”布朗先生老老实实地说。

他听说修士们从不讲话，早上两点起床，夜里睡在棺材里，感到无限惊讶。于是他便问为什么他们这么做。

“那是他们的规定，”凯特姨妈肯定地说。

“是呀，可是为什么呢？”布朗先生问。

凯特姨妈重复说那是规定，规定就是规定。布朗先生似乎仍然不懂。弗雷迪·马林斯尽可能向他解释，告诉他修士们是在努力为外界所有罪人们犯的罪赎罪。这种解释并不十分清楚，因为布朗先生咧着嘴笑着说：

“我非常喜欢那种想法，但舒适的弹簧床和棺材对他们不都是睡觉吗？”

“棺材，”玛丽·简说，“是提醒他们自己最后的归宿。”

由于这个话题变得阴郁起来，桌上的人们沉默不语，此时马林斯太太用别人听不见的低声对邻座的人说：

“他们是些非常善良的人，那些修士，是非常虔诚的人。”

葡萄干、杏仁和无花果，苹果和橙子，巧克力和糖果，这时围着桌子轮番传递，朱丽娅姨妈请所有的人都喝点红葡萄酒或白葡萄酒。最初巴特尔·达尔西先生什么酒都不要，但他的一个邻座用肘子碰碰他小声对他说了些什么，他便答应把酒杯斟满。当斟最后几杯酒的时候，谈话渐渐停了下来。接着是一阵沉默，只有喝酒和挪动椅子的声音将它打破。三位莫肯家的小姐低头望着桌布。某人咳嗽了一两声，几个男士便轻轻拍拍桌子示意安静。完全静下来了，加布里埃尔向后推开椅子站起身来。

拍桌子的声音立刻变响以示鼓励，接着又全都停了。加布里埃尔将十个颤抖的手指按在桌布上，紧张地对大家笑了笑。他看到一排仰起的面孔，便抬眼望着枝形的吊灯。钢琴正在弹奏一首华尔兹乐曲，他能听见衣裙拂动客厅门的声音。也许有人正站在外面码头上的雪地里，仰首凝视着灯光照亮的窗子，倾听华尔兹音乐。那里的空气纯净。远处是树上压着积雪的公园。威灵顿纪念碑戴着一顶闪光的雪帽，耀眼的白雪覆盖着西边“十五亩地”的原野。

他开始演讲：

“女士们先生们，

“今天晚上，如同往年一样，这项非常令人愉快的任务注定又落在了我的头上，但我恐怕我拙劣的演讲才能实在是难以胜任。”

“不，不能这么说！”布朗先生说。

“不过，无论如何，今晚我只好请你们理解我勉为其难的心意，注意听一会儿我的演讲，让我尽力向你们表达我在这种场合的心情。

“女士们先生们，这已不是第一次我们聚在这个好客的房子里，坐在这张好客的餐桌周围。也不是第一次接受这几位善良女士的热情款待——或许我最好说，这几位女士热情的受害者。”

他的手臂在空中画了一个圈，停顿了一下。大家都冲着凯特姨妈、朱丽娅姨妈和玛丽·简大笑或微笑，而她们也都高兴得面色绯红。加布里埃尔胆子更大了，继续说：

“我一年比一年更强烈地感到，我们国家没有任何传统像这种热情好客的传统那样，给国家带来如此的荣耀，值得如此小心地维护。就我自己的经历而言（我访问过国外许多地方），在现代国家中，这是一个少有的优良传统。也许有人会说，对于我们，这毋宁说是一种弱点，而不是什么值得夸耀的事情。但即使如此，我也认为它是一种高贵的弱点，一种我相信会在我们中间长期发展下去的弱点。至少有一点我是肯定的。只要这房子里仍然住着前面提到的三位善良的女士——我从内心里祝愿她们还会在这里住许多许多年——真正热心殷勤的爱尔兰好客传统就会在我们中间继续下去，我们的先辈把这种传统传给了我们，我们也必须把它传给我们的子孙。”

一种真诚赞同的低语声在桌子周围传开。这使加布里埃尔突然感到，爱佛丝小姐不在这里，她已不礼貌地走了；于是他心里充满自信地说：

“女士们先生们，

“我们中间一代新人正在成长，他们受到新观念和新原则的激励。这代人对这些新观念既认真又热情，甚至当他们受到误导时，我相信他们的热情也非常真诚。但是我们生活在一个怀疑的时代，如果我可以这么说的话，也是一个思想遭受折磨的时代：有时我担心，尽管这新的一代受过教育或高等教育，但他们将缺少昔日那些仁爱、好客和善良的幽默等优良品质。今晚听到所有那些昔日的大歌唱家的名字时，我必须承认，我觉得我们生活在一个比较狭隘的时代。毫不夸张地说，过去那些日子可以称之为广博的时代；倘若它们已经从我们的记忆中消失，那么至少让我们期望，在像今晚这样的聚会上，我们仍将骄傲而亲切地谈论它们，仍将在心里记住那些已经逝去的伟大人物，他们的名声将在世界上永垂不朽。”

“听见了，听见了！”布朗先生大声说。

“然而，”加布里埃尔继续说，声音变得更加柔和委婉，“在像今晚这样的聚会上，总是有些悲伤的想法袭上我们的心头：想到过去，想到青春，想到世事变化，想到我们今晚思念而又不在的那些人们。我们人生的旅程布满了这样一些悲伤的回忆：但如果我们总是忧郁地陷入这些回忆，我们就没有心思勇敢地继续我们生活中的工作。我们大家都有生活的责任，也有生活的情感，它们要求我们——合情合理地要求我们——奋发努力。

“因此，我不想沉湎于过去。我不想让任何阴郁的道德说教在今晚侵扰我们。我们离开日常奔波忙碌的生活，短暂地相聚在这里。我们在这里相聚，作为朋友，怀有相亲相爱的精神；作为同事，在某种程度上也怀有志同道合的‘同志’精神；而作为客人——我该怎么说呢？——

我们是都柏林音乐界的三女神的客人。”

这一比喻使全场爆发出一阵掌声和笑声。朱丽娅姨妈茫然地请她的左右邻座告诉她加布里埃尔讲了些什么。

“他说我们是‘三女神’，朱丽娅姨妈，”玛丽·简说。

朱丽娅姨妈仍不明白，但她面带微笑地望着加布里埃尔；他继续兴致勃勃地演讲：

“女士们先生们，

“今晚我不想扮演帕里斯那次扮演的角色。我不想在她们之间评断高低。这种工作令人感到厌恶，而且也不是我力所能及的事情。因为当我依次考虑她们时，我分不出谁高谁低。我们的第一位主人，她心地善良，太善良了，这话已经变成了所有认识她的人的口头禅；而她的妹妹，似乎是青春永驻，她今晚的歌声真是令人拍案叫绝，出乎我们大家的意料；至于最后但并非最不重要的一位，我们最年轻的女主人，我觉得她才华横溢，生性活泼，工作勤奋，可说是最好的外甥女；女士们先生们，我必须承认，我不知道应该给谁以奖励。”

加布里埃尔向下瞥了一眼他的两位姨妈，发现朱丽娅姨妈满脸堆笑，凯特姨妈眼里噙着泪珠，于是便准备赶紧结束他的讲话。他豪放地举起他那杯葡萄酒，桌上的人也都期待地用手指把住了酒杯，他大声说道：

“让我们为她们三位一起祝酒。为她们的健康、富有、长寿、幸福和成功干杯，祝她们长期保持她们在事业上通过自己努力而赢得的值得骄傲的地位，并愿她们在我们的心中永远保持受人尊敬和热爱的地位。”

所有的客人都站了起来，手持酒杯，转向三位坐着的女士，然后由布朗先生带头，齐声唱道：

“因为他们是非常快乐的朋友，

因为他们是非常快乐的朋友，
因为他们是非常快乐的朋友，
大家都说是这样。”

凯特姨妈毫不掩饰地用手帕擦起了眼泪，甚至朱丽娅姨妈看上去也大为感动。弗雷迪·马林斯用他的布丁叉子打着拍子，唱歌的人转过身面面相对，仿佛以优美的音乐开着讨论会，他们以高昂的声音唱道：

“除非他说谎，
除非他说谎。”

接着，他们又转向女主人唱道：

“因为他们是非常快乐的朋友，
因为他们是非常快乐的朋友，
因为他们是非常快乐的朋友，
大家都说是这样。”

随后的欢呼由餐室外的许多其他客人们应和，一次又一次地掀起高潮，弗雷迪·马林斯像个指挥官，高高地挥舞着叉子。

* * * * *

刺骨的清晨寒气涌进了他们站着的厅里，于是凯特姨妈说：

“谁去把门关上吧。马林斯太太会得重感冒的。”

“布朗在外面，凯特姨妈，”玛丽·简说。

“布朗总是到处跑，”凯特姨妈说，压低了她的声音。

玛丽·简听了她说话的语气笑了。

“其实，”她狡黠地说，“他倒是非常殷勤。”

“整个圣诞节期间，”凯特姨妈以同样的语气说，“他就像煤气一样被装在这里。”

这次她自己开心地笑了，然后很快地补充说：

“不过，叫他进来吧，玛丽·简，把门关上。但愿他没有听见我说他的话。”

就在这时，过厅的门开了，布朗先生从门口的台阶上走了进来，笑得仿佛心都要炸开来了。他穿着一件绿色的长外套，上面镶着仿阿斯特拉罕羔皮的袖口和领子，头上戴着一顶椭圆形的皮帽。他用手指着白雪覆盖的码头，从那里传来汽笛长长的尖叫声。

“泰迪会把都柏林所有的出租马车喊了来，”他说。

加布里埃尔从办公室后面的餐具室走出，费力地穿着大衣，他望望大厅的四周说道：

“格丽塔还没有下来？”

“她正在穿衣服，加布里埃尔，”凯特姨妈说。

“谁在上面弹钢琴呢？”加布里埃尔问。

“没人呀。他们全都走了。”

“啊，不，凯特姨妈，”玛丽·简说。“巴特尔·达尔西和奥卡拉汉小姐还没走。”

“反正有人在上面玩钢琴，”加布里埃尔说。

玛丽·简瞥了一眼加布里埃尔和布朗先生，打了个寒战说：

“看你们两位男士裹得那个样子，我也觉得冷了。我真不想看你们在这个时候回家。”

“这时候我最想，”布朗先生豪迈地说，“咯吱咯吱地踏着雪在乡间散散步，或者驱马驾车飞速奔驰。”

“从前我们家里有一匹好马和一辆轻便双轮车，”朱丽娅姨妈感伤地说。

“那个令人难忘的乔尼，”玛丽·简笑着说。

凯特姨妈和加布里埃尔也笑了。

“怎么回事，关于乔尼有什么惊奇的事？”布朗先生问。

“我们是说去世的帕特里克·莫肯，我们的外公，”加布里埃尔解释说，“晚年时人们都叫他老绅士，他是个胶糊商。”

“啊，我说，加布里埃尔，”凯特姨妈笑着说，“他有个粉坊。”

“好吧，不论胶糊还是淀粉，”加布里埃尔说，“反正老先生有匹马名叫乔尼。乔尼常在老先生的粉坊里干活，一圈圈转着拉磨。一切都很好；但现在要说的是乔尼不幸的一面。一天，天气晴好，老先生想驾车出去，到公园摆摆军事检阅的派头。”

“上帝怜悯他的灵魂吧，”凯特姨妈动情地说。

“阿门，”加布里埃尔说。“于是，老绅士像我说的那样，驾着乔尼，戴上他最好的高顶礼帽，佩上他最好的硬领，气宇轩昂地驾车驶出了他的祖宅，我想那房子在后巷附近。”

加布里埃尔的样子使大家都笑了起来，甚至马林斯太太也笑了，这时凯特姨妈说：

“我说，加布里埃尔，实际上他不住在后巷，只有粉坊在那里。”

“他驱着乔尼驶出了他祖先的宅子，”加布里埃尔继续说。“一切都进行得非常顺利，后来乔尼看见了比利王的雕像，不知它是爱上了比利王的坐骑还是觉得自己又回到了磨坊，它竟开始围着雕像转起了圈子。”

加布里埃尔在其他人的笑声中，穿着他的套鞋绕前厅走了一圈。

“它转了一圈又一圈，”加布里埃尔说，“于是这位老先生，这位非常威武的老先生，表现出极大的愤慨。‘往前走，先生！你是什么意思呀，先生？乔尼！乔尼！举止太反常了！这马真让人费解！’”

加布里埃尔模仿那件事所引起的哄堂大笑，突然被前门猛烈的敲门声中断。玛丽·简跑过去把门打开，让弗雷迪·马林斯走进门来。弗雷迪·马林斯的帽子推到脑袋后边，冷得缩着双肩，在外面跑了一圈后呼着一团团哈气。

“我只能找到一辆马车，”他说。

“哦，我们沿着码头会找到另一辆的，”加布里埃尔说。

“是的，”凯特姨妈说。“最好别让马林斯太太总是站在风口上。”

马林斯太太由她儿子和布朗先生扶着走下门前的台阶，几经努力之后才扶上马车。弗雷迪·马林斯随后也爬了进去，在布朗先生的指点帮助下，花了好长时间才把他母亲在座位上安置妥当。最后，她舒舒适适坐好之后，弗雷迪·马林斯请布朗先生也一起上车。经过好一阵混乱的交谈，布朗先生终于上去了。车夫把他的毯子盖在膝上，俯下身问去什么地方。混乱的交谈声更大了，弗雷迪·马林斯和布朗先生分别从一个车窗里探出头来，给车夫指了不同的方向。问题是沿途在什么地方让布朗先生下车，凯特姨妈、朱丽娅姨妈和玛丽·简站在门口的台阶上帮着讨论，七嘴八舌，互相矛盾，弄得大家笑个不停。至于弗雷迪·马林斯，他竟笑得说不出话来。他不断把脑袋从车窗里缩回探出，每次都几乎把帽子碰掉，不时告诉他母亲外面讨论的情况，直到最后，布朗先生才用高出喧闹笑声的大嗓门向被弄糊涂了的车夫喊道：

“你知道三一学院吗？”

“知道，先生，”车夫说。

“那好，一直把车赶到三一学院大门口，”布朗先生说，“然后我会告诉你再去哪里。现在你明白了？”

“明白了，先生，”车夫说。

“那就像鸟一样朝三一学院飞奔。”

“好嘞，先生，”车夫说。

扬鞭催马，车子嘎啦嘎啦在一片笑声和再见声中沿码头驰去。

加布里埃尔没有与其他人一起到门口。他待在前厅的暗处，抬头凝视着楼梯。一个女人站在第一段楼梯的上部，也在阴影里。他看不见她的脸，但能看见她裙子上赤褐色和橙红色的图案，它们在阴影里呈现出黑色和白色。那是他的妻子。她正倚着栏杆聆听什么。加布里埃尔见她一动不动大感惊讶，也竖起耳朵细听。但他却听不见什么，除了门口台阶上的笑声和争论，只依稀听见钢琴上弹出一些和音和一个男声唱歌的片断。

他静静地站在昏暗的前厅里，试图捕捉那声音唱的曲调，并仰头注视着他的妻子。她的神态显得优雅而神秘，仿佛她是某种东西的一个象征。他自己问自己，一个女人站在楼梯上的阴影里，倾听远处的音乐，是什么东西的象征呢？如果他是个画家，他会画下她那种神态。她的蓝色毡帽配以黑暗的背景会突出她那古铜色的头发，而她裙子上的深色图案也会突出浅色的图案。假如他是画家，他会把这幅画称作《远方的音乐》。

前厅的大门关上了；凯特姨妈、朱丽娅姨妈和玛丽·简回到前厅里，仍然在笑着。

“你们说，弗雷迪是不是太不像话？”玛丽·简说。“他真是太不像话了。”

加布里埃尔没有说话，但向楼梯上他妻子站着的地方指了指。现在由于大门已经关上，歌声和琴声都听得更清楚了。加布里埃尔举起一只手让他们安静。歌声唱的好像是古老的爱尔兰曲调，唱者似乎对歌词和自己的声音都没有把握。距离和唱者沙哑的嗓音使歌声显得哀伤，隐隐约约传出的旋律伴随着表现悲愁的歌词：

“啊，雨点打着我浓密的头发，
露水沾湿了我的肌肤，
我的孩子冷冷地躺着……”

“啊，”玛丽·简叫道。“这是巴特尔·达尔西在唱歌，而他整个晚上都不肯唱。哇，他走之前我得让他唱支歌。”

“哎，对，玛丽·简，”凯特姨妈说。

玛丽·简转过身跑向楼梯，但她还没跑到歌声就停了，钢琴也突然盖上了。

“啊，多遗憾呀！”她嚷道。“他要下来了吗，格丽塔？”

加布里埃尔听到妻子答了一声是，然后看见她下楼向他们走来。她身后几步便是巴特尔·达尔西先生和奥卡拉汉小姐。

“啊，达尔西先生，”玛丽·简叫道，“你真不够意思，我们大家正听得入迷，你竟然就那样停了。”

“整个晚上我都跟着他，”奥卡拉汉小姐说，“康洛伊太太也是，可他告诉我们他患了重感冒，唱不了。”

“哦，达尔西先生，”凯特姨妈说，“原来你撒了个无害的弥天大谎。”

“你听不出我的嗓子哑得像只乌鸦吗？”达尔西先生有些粗鲁地说。

他匆匆走进餐具间，穿上大衣。其他人对他粗鲁的回答感到惊讶，但不知该说什么。凯特姨妈皱起眉头，并示意其他人别再提这个话题。达尔西先生站着仔细地裹他的围脖，也皱着眉头。

“都是这天气闹的，”停了一会儿朱丽娅姨妈说。

“是呀，人人都患了感冒，”凯特姨妈立刻接着说，“无一例外。”

“听人说，”玛丽·简说，“三十年了没下过这样大的雪；今天早晨我看报纸，报上说整个爱尔兰普遍下了雪。”

“我喜欢雪景，”朱丽娅姨妈感伤地说。

“我也喜欢，”奥卡拉汉小姐说。“我觉得圣诞节地上没雪就不是真正的圣诞节。”

“但是可怜的达尔西先生就不喜欢下雪，”凯特姨妈笑着说。

达尔西先生从餐具间出来，裹得严严实实并扣好了扣子，歉然地对他们述说自己得感冒的经过。大家都劝他，说是太遗憾了，要他在夜风里特别注意保护自己的嗓子。加布里埃尔望着他的妻子，她没有加入他们的谈话。她正站在满是灰尘的楣窗下面，煤气灯的光焰照亮了她那丰润的古铜色头发，几天前他曾见她在火边把头发烤干。她神态如前，似乎没有意识到她周围的谈话。终于她转向他们，加布里埃尔发现她双颊泛红，眼睛闪闪发光。他心里突然涌起一股愉悦的潮流。

“达尔西先生，”她说，“你刚才唱的那支歌叫什么名字？”

“叫《奥芙里姆的少女》，”达尔西先生说，“可是我记不清楚了。怎么？你知道这支歌？”

“《奥芙里姆的少女》，”她重复说。“我想不起这个歌的名字了。”

“这歌的调子真是太美了，”玛丽·简说。“可惜你今晚嗓子不好。”

“喂，玛丽·简，”凯特姨妈说，“别烦达尔西了。我可不想让他心烦。”

看见大伙都准备走了，她领头带他们走向门口，在那里互相道别：

“好了，凯特姨妈，谢谢您给了我们一个愉快的夜晚。”

“晚安，加布里埃尔。晚安，格丽塔！”

“晚安，凯特姨妈，太谢谢了。晚安，朱丽娅姨妈。”

“哦，晚安，格丽塔，我刚才没看见你。”

“晚安，达尔西先生。晚安，奥卡拉汉小姐。”

“晚安，莫肯小姐。”

“晚安，再见。”

“大家晚安。一路平安。”

“晚安，再见。”

凌晨，天仍然很暗。阴沉昏黄的晨光笼罩着房子和河面；天像要垂下来似的。脚下到处是融了的雪水；只有房顶上、码头的栏杆上和空地的围栏上，留着一缕缕、一片片白雪。路灯仍然在灰蒙蒙的空中燃着泛红的灯光，河对面“四院”大厦在低沉的天空下巍然屹立。

她和巴特尔·达尔西先生一起走在他的前面，她的鞋用一块棕色的包袱包着夹在胳膊下面，双手提着裙子唯恐溅上了雪水。她已不再有什么高雅的神态，但加布里埃尔的眼睛仍然幸福得发亮。血液在他的血管里涌动；脑海里思潮激荡，骄傲、快乐、温柔、英勇。

她走在他前面，那么轻盈，那么挺直，他极想悄悄地追上去，抓住她的双肩，在她耳边说些可笑而深情的话儿。他觉得她那么娇弱，他渴望着保护她不受伤害，渴望着与她单独待在一起。一些他俩秘密生活的时刻突然像星星一样在他的记忆中闪现。一个淡紫色的信封放在他早餐的杯子旁边，他用手轻轻地抚弄着它。鸟儿在常春藤上唧唧喳喳，窗帘上网状的阳光在地板上闪烁：他幸福得吃不下东西。他们俩站在拥挤的站台上，他把一张车票塞进她戴着手套的温暖的手心。他和她一起在寒冷里站着，透过花格窗向里观望，看一个男人在烈焰熊熊的火炉边制作瓶子。天气很冷。她的脸在寒冷的空气里散发着芬芳，与他的脸离得很近；突然他朝炉边那个男人喊道：

“火旺不旺，先生？”

那人因为炉子的响声没能听见。这倒也好。否则他可能粗暴地回答。

又一股柔情蜜意之潮从他心中涌出，沿着他的动脉在温暖的血液里流动。他们一起生活的时刻，那些谁也不知道或永远不会有人知道的时刻，宛如柔和的星光，突然闪现出来照亮了他的回忆。他渴望对她回忆那些时刻，使她忘记这些年他们在一起的沉闷生活，只记住他们那些销魂的时刻。因为他觉得，岁月并没有泯灭他或她的激情。他们的孩子，他的写作，她对家务的操劳，并没有完全泯灭他们心灵深处温柔的情焰。他在昔日写给她的一封信上曾这样写道：“为什么这样一些词我觉得如此乏味和冷漠？是不是因为没有足够温柔的词来称呼你呢？”

像是遥远的音乐，多年前他写下的这些话又从过去回到了他的记忆之中。他渴望与她单独在一起。当其他人都已离去，当他和她二人在旅馆的房间里的时候，那时他们会单独待在一起。他会温柔地呼唤她：

“格丽塔！”

也许她不会马上听见：她正在脱衣服。然后他的声音里有某种东西会使她激动。她会转过身来看着他。……

在崴特佛恩大街的拐弯处他们遇到了一辆马车。他对嘎啦嘎啦的车轮声感到高兴，因为他用不着说话了。她正望着窗外，显得有些疲倦。其他人也只偶尔说上几句，指点外面的某个建筑或街道。在凌晨阴沉的天空下面，马儿疲劳地奔驰，后面拖着嘎嘎响的车厢，加布里埃尔又和她一起坐在一辆车里，奔驰着前去赶船，奔向他们的蜜月。

马车驶过奥康奈尔桥时，奥卡拉汉小姐说：

“人们说，你每次过奥康奈尔桥时都会看到一匹白马。”

“这次我看到了一个白人，”加布里埃尔说。

“在哪里？”巴特尔·达尔西先生问。

加布里埃尔指了指雕像，上面覆盖着片片白雪。然后他亲切地向它点点头，还挥了挥手。

“晚安，丹，”他高兴地说。

车在旅馆前停下，加布里埃尔跳下车，不顾巴特尔·达尔西先生的争执，付了车钱。他多给了车夫一个先令。车夫向他敬个礼说：

“祝您新年如意，先生。”

“祝你也新年如意，”加布里埃尔亲热地说。

下车时，有一会儿她倚着他的胳膊，站在路边的石阶上向其他人道别。她轻轻地倚着他的胳膊，就像她几小时前与他跳舞时那样。那时他感到骄傲而幸福，他为她属于他而幸福，为她的高雅和做妻子的举止而骄傲。但是这时，在又一次激起那么多的回忆之后，他刚一接触到她那富于韵致、奇异而芬芳的身体，便浑身涌动起一阵强烈的情欲。在她沉默的掩饰下，他使她的胳膊紧贴着自己；当他们站在旅馆门口时，他觉得他们已经避开了生活的责任，避开了家庭和朋友，怀着奔放喜悦的心情，共赴一个新奇的境界。

在大厅里，一位老人正坐在一把有椅套的大椅子上打盹。他在办公室里点了一支蜡烛，在他们前面走向楼梯。他们默默地跟着他，双脚踩在铺着厚地毯的楼梯上发出轻轻的噔噔声。她在看门人后面登上楼梯，往上走时低着头，纤弱的双肩弓起，像扛了东西似的，裙子紧紧地裹着她的身躯。他本想用双臂抱住她的臀部，紧紧地搂着她，因为他充满了想抱住她的欲望，双臂在不停地颤抖，只是他的指甲用力抠住手心才阻止了他躯体里这种狂烈的冲动。看门人在楼梯上停住，稳住摇晃的蜡烛。他们也在他下面的楼梯上停了下来。寂静之中，加布里埃尔能听见烛泪滴在托盘上的声音，能听见他的心脏挨着肋骨怦怦跳动的声音。

看门人领着他们穿过楼道，打开一个房间的门。然后他把摇晃的蜡烛放在一张梳妆台上，问他们早上什么时间叫醒他们。

“八点，”加布里埃尔说。

看门人指指电灯的开关，咕咕哝哝开始道歉，但加布里埃尔打断了他：

“我们用不着灯。从街上照进来的灯光就足够了。而且，”他指了指蜡烛补充说，“我说你最好把那个漂亮的东西也拿走，做个好人。”

看门人又拿起他的蜡烛，但非常迟缓，因为这一新奇的念头使他感到惊讶。接着他咕咕哝哝道了个晚安，走了出去。加布里埃尔随即把门锁上。

一道苍白的灯光从街灯上射入屋里，像一条长长的光杆从窗户直抵门上。加布里埃尔把大衣和帽子扔到躺椅上，穿过房间走向窗户。他向街下看看，以便稍微平静一下他激动的情绪。然后他转过身，背着光靠在一个衣柜上。她已经脱掉大衣、帽子和斗篷，正站在一面大的时髦的镜子前面解她的紧身胸衣。加布里埃尔停了一会儿，注视着她，然后说：

“格丽塔！”

她慢慢地离开镜子，顺着光束朝他走去。她的表情显得非常严肃而疲乏，竟使加布里埃尔心里想说的话无法出口。不，还不是时候。

“你看上去累了，”他说。

“是有点累，”她回答。

“你不是不舒服吧？”

“不，只是累了。”

她走到窗前站在那里，向外观看。加布里埃尔又开始等待，后来他唯恐犹豫会使他失去激情，便突然说道：

“听我说，格丽塔！”

“什么事？”

“你认识那个可怜的家伙马林斯吗？”他匆匆地说。

“认识，他怎么啦？”

“啊，可怜的家伙，毕竟他是个正派人，”加布里埃尔言不由衷地继续说。“他还了我借给他的一个沙弗林[①]，其实我没指望他还。可惜他总不肯离开那个布朗，因为他不是个坏人，说实在的。”

这时他因气恼而发抖。为什么她看上去那么无动于衷？他不知道自己如何开始。她也为某件事气恼吗？要是她主动转向他或走向他就好了！像她现在这样就去和她做爱未免有些粗暴。不，他一定要先在她眼里看到同样的激情。他渴望能把握住她奇怪的情绪。

“什么时候你借给他一沙弗林？”她停了一会儿问。

加布里埃尔极力控制自己，避免对苏格兰人马林斯和他那个沙弗林的事说出粗话。他渴望从内心里对她呼喊，把她紧紧地抱在怀里，将她征服。但是他说：

“哦，在圣诞节，他那个位于亨利大街的圣诞贺卡小店开张的时候。”

---

① 英国旧时使用的面值一英镑的金币。

他正处于激怒和欲望的狂热之中，以致没有听见她从窗口走来。她在他面前站了一会儿，奇怪地望着他。然后，她突然踮起脚尖，双手轻轻地搭在他的肩上，吻了吻他。

“你是个很慷慨的人，加布里埃尔，”她说。

加布里埃尔因她突如其来的一吻和对他的赞语兴奋得浑身颤抖，他把双手放在她的头发上，开始向后梳理，手指几乎都没有碰到头发。洗过的头发柔润光亮。他心里洋溢着幸福。就在他盼望时她真的自愿地来到了他身边。也许她的思想一直在与他的共鸣。也许她感觉到了他心中的强烈欲望，于是便突然产生出依顺的心情。现在她如此轻易地依顺着他，他竟对自己刚才那么犹豫疑惑起来。

他双手捧着她的头站着。然后，他迅速滑下一只胳膊拢住她的身子，把她拥向怀里，轻轻地说：

“格丽塔，亲爱的，你在想什么？”

她既没有回答也没有完全倒向他的怀里。他再次轻轻地说：

“告诉我你在想什么，格丽塔。我想我知道是什么事。我知道吗？”

她没有立刻回答。接着突然眼泪汪汪地说：

“啊，我在想那支歌，《奥芙里姆的少女》。”

她挣脱他的拥抱，跑到床边，双臂伸出架在床栏上，埋住了她的脸。加布里埃尔一时惊呆了，一动不动地站着，然后才跟了过去。当他经过那面转动式的穿衣镜时，他看见了自己的全身，他那宽而挺括的衬衣领口，他那在镜子里看见时总使他困惑的面部表情，还有他那闪光的金边眼镜。

他在离她几步远的地方停下来说道：

“那歌怎么啦？为什么使你哭起来了？”

她从胳膊上抬起头来，像孩子一样用手背抹干了眼泪。他自己的声音也意想不到地变得更加温柔。

“怎么啦，格丽塔？”他问。

“我在想很久以前一个常唱那支歌的人。”

“很久以前的那个人是谁？”加布里埃尔笑着问。

“是个我在高尔韦认识的人，当时我和我祖母住在一起，”她说。

加布里埃尔脸上的笑容消失了。一种抑郁的怒气开始在他的心底汇聚，他那被压抑的欲火重又开始在他的血管里愤怒地燃烧。

“是你的旧情人吗？”他讥讽地问。

“是我认识的一个年轻人，”她答道，“名叫迈克尔·福瑞。他常唱那支歌，《奥芙里姆的少女》。他非常文静。”

加布里埃尔一言不发。他不希望她觉得他对这个文静的男孩有什么兴趣。

“我能那么清楚地看见他，”她停顿了一下说。“他有那么一双眼睛：又大又黑的眼睛！眼睛里还有那样一种表情——一种表情！”

“啊，那么，你爱上他了？”加布里埃尔说。

“我在高尔韦的时候，”她说，“我常常和他一起外出散步。”

一种想法闪过加布里埃尔的脑际。

“也许那就是你想和那位爱佛斯姑娘一起去高尔韦的原因吧？”他冷冷地说。

她看看他，惊讶地问：

“为什么？”

她的目光使加布里埃尔感到尴尬。他耸耸肩说：

“我怎么知道呢？或许去看看他。”

她默默地把目光从他移开，沿着光束转向窗子。

“他已经死了，”她终于说。“他死的时候才十七岁。那么年轻就死了不是很可怕吗？”

“他是干什么的？”加布里埃尔问，仍然带有讥讽意味。

“他在煤气厂工作，”她说。

加布里埃尔感到受了羞辱，因为讥讽落了空，也因为从死者引出这么一个人——一个在煤气厂工作的男孩。就在他全心回忆他们在一起的私生活，心里充满柔情、欢乐和欲望时，她却一直在心里把他和另一个人比较。一种对自我人格的羞辱意识袭上了他的心头。他发现自己成了一个滑稽的人物，扮演一个为姨妈跑腿挣小钱的人，一个神经质的、自作多情的感伤主义者，一个对一群庸俗的人大事演讲并把自己小丑般的欲望理想化，一个他在镜子里瞥见的那种可怜而愚蠢的家伙。他本能地转身背向光线，以免她会看见他额上燃烧着羞辱。

他极力保持他那冷冰冰的诘问语调，但他说话时声音却显得谦卑而冷漠。

“我想那时你爱上了这位迈克尔·福瑞，格丽塔，”他说。

“那时我和他非常亲密，”她说。

她的声音模糊而悲哀。加布里埃尔觉得现在若想把她引向自己原来设想的境地一定是徒劳无望，于是便抚摸着她的一只手，也不无悲伤地说：

“他那样年轻是怎么死的，格丽塔？痨病，是吗？”

“我想他是为我死的，”她答道。

这回答使加布里埃尔心中涌起一种朦朦胧胧的恐惧，仿佛在他希望获胜的时刻，某个无形的、蓄意报复的幽灵跟他作对，在它那个朦胧的世界里正纠集力量与他对抗。但他凭借理智的作用摆脱了那种恐惧，继续抚摸她的手。他不再问她，因为他觉得她会自己告诉他的。她的手温暖而潮湿：它没有对他的触摸做出反应，但他仍然抚摸它，就像那个春天的早晨他抚摸她给他的第一封信一样。

“那是在冬天，”她说，“大约是初冬时节，当时我正要离开祖母家到这里的修道院来。那时他在高尔韦的住所里病了，不能出门，并已写信告诉了他在奥特拉德的家人。人家说，他的病每况愈下，或者说大致是那样。我一直不十分清楚。”

她停了一会儿，叹了口气。

“可怜的人，”她说。“他非常喜欢我，而且是这么文静的一个男孩。我们常一块出去，散步，你知道，加布里埃尔，像在乡下人们常做的那样。要不是他身体不好，他就去学唱歌了。他有一副极好的嗓子，可怜的迈克尔·福瑞。”

“那么，后来呢？”加布里埃尔问。

“后来，等到我离开高尔韦来这里修道院的时候，他的病情更加恶化，人家不让我见他，于是我便给他写了一封信，说我就要去都柏林了，夏天会回来，希望那时他会好起来。”她停了一会儿控制住自己的声音，然后继续说：

“后来在我离开的前一天晚上，我正在修女岛上我祖母家的房子里收拾东西，听到有扔石子打窗户的声音。窗玻璃全湿了，什么都看不见，于是我就那样跑下楼去，从后面溜进花园，在花园的尽头站着那个可怜的人，正浑身颤抖。”

“你没有叫他回去吗？”加布里埃尔问。

“我求他赶快回家去，告诉他淋在雨里会要了他的命。可是他说他不想活了。我能清清楚楚地看见他的眼睛，清清楚楚！他站在墙的尽头，那里有一棵树。”

“他回家去了吗？”加布里埃尔问。

“是的，他回去了。然而我到修道院刚一个星期他就死了，他埋在奥特拉德他老家那里。唉，我听说这事那天，就是他死的那天！”

她停下来，呜咽得说不出话，再也抑制不住自己的情绪，脸朝下扑在床上，埋在被子里哭泣。加布里埃尔犹犹豫豫地又把她的手握了一会，由于害怕在她伤心的时候打扰她，后来便轻轻地放下她的手，默默地走向窗户。

她睡熟了。

加布里埃尔斜倚着臂肘，心平气和地看了一会她那蓬乱的头发和半启的嘴唇，听着她深沉的呼吸。原来她生活中有过那么一段浪漫故事：一个男人因为她而死去。现在想到他这个丈夫在她生活里扮演了多么可怜的角色，他几乎不再感到痛苦。他注视着正在熟睡的她，仿佛他和她从未像夫妻一样在一起生活过似的。他好奇的眼睛久久地望着她的脸庞和她的头发：当他想着她蓓蕾初绽之际该是什么样子时，一种奇怪的、对她友善的怜悯在他的心灵里升起。他甚至不愿对自己说她的脸庞已不再漂亮，但他知道那不再是迈克尔·福瑞为之慨然殉情的脸庞。

也许她没有把所有的事情都告诉他。他把目光移向椅子，上面扔着她的一些衣服。一条衬裙的带子垂到地板上。一只靴子直立着，但软靴筒塌了下去；另一只靴子躺在它的旁边。他对自己一小时前的情绪骚动感到奇怪。是什么引起的呢？是他姨妈的晚宴，他自己愚蠢的演讲，饮酒和跳舞，在前厅告别时的欢闹，或者沿河边在雪中散步的愉悦？可怜的朱丽娅姨妈！不久她也会成为一个幽灵，和帕特里克·莫肯以及他的马的幽灵在一起的幽灵。她唱《盛装待嫁》时，他曾在瞬间看见过她脸上憔悴的面容。或许不久他就会坐在那同一个客厅里，穿着黑色的衣服，丝帽放在膝上。窗帘被放下来，凯特姨妈坐在他身边，痛哭流涕地告诉他朱丽娅姨妈是如何死的。他会搜索枯肠地寻找一些可以安慰她的话，而结果却只是找出了一些不着边际的无用字句。是的，是的：那种情况很快就会发生。

房间的空气使他的肩膀觉得寒冷。他小心地钻进被子里，在他妻子的身边躺下。一个接一个，他们全都要变成幽灵。最好在某种激情全盛时期勇敢地进入那另一个世界，切莫随着年龄增长而凄凉地衰败枯萎。他想到躺在他身边的妻子，想到她多年来如何在心里深锁着她的情人告诉她不想活下去时的眼神。

大量的泪水充溢着加布里埃尔的眼睛。他从未觉得自己对任何女人有那样的感情，但他知道，这样一种感情一定是爱情。他眼里积聚了更多的泪水，在半昏半睡中，他想象自己看见了一个年轻人的身影，正站在一棵雨水滴答的树下。附近是其他一些身影。他的灵魂已经接近了那个居住着大量死者的领域。他意识到他们扑朔迷离、忽隐忽现的存在，但却不能理解。他自己本身也在逐渐消失到一个灰色的无形世界：这个实在的世界本身，这些死者曾一度在这里养育生息的世界，正在渐渐消解和缩小。

几声轻轻拍打玻璃的声音使他转过身面向窗户。又开始下雪了。他睡意蒙眬地望着雪花，银白和灰暗的雪花在灯光的衬托下斜斜地飘落。时间已到他出发西行的时候。是的，报纸是对的：整个爱尔兰都在下雪。雪落在阴晦的中部平原的每一片土地上，落在没有树木的山丘上，轻轻地落在艾伦沼地上，再往西，轻轻地落进山农河面汹涌澎湃的黑浪之中。它也落在山丘上孤零零的教堂墓地的每一个角落，迈克尔·福瑞就埋葬在那里。它飘落下来，厚厚地堆积在歪斜的十字架和墓碑上，堆积在小门一根根栅栏的尖顶上，堆积在光秃秃的荆棘丛上。他听着雪花隐隐约约地飘落，慢慢地睡着了，雪花穿过宇宙轻轻地落下，就像他们的结局似的，落到所有生者和死者身上。

译文名著精选书目

傲慢与偏见	〔英〕简·奥斯丁 著 王科一 译
简·爱	〔英〕夏洛蒂·勃朗特 著 祝庆英 译
基督山伯爵	〔法〕大仲马 著 韩沪麟 周克希 译
少年维特的烦恼	〔德〕歌德 著 侯浚吉 译
茶花女	〔法〕小仲马 著 王振孙 译
呼啸山庄	〔英〕艾米莉·勃朗特 著 方平 译
悲惨世界	〔法〕雨果 著 郑克鲁 译
堂吉诃德	〔西班牙〕塞万提斯 著 张广森 译
红与黑	〔法〕司汤达 著 郝运 译
雾都孤儿	〔英〕狄更斯 著 荣如德 译
欧叶妮·葛郎台／高老头	〔法〕巴尔扎克 著 王振孙 译
莎士比亚四大悲剧	〔英〕莎士比亚 著 孙大雨 译
泰戈尔抒情诗选	〔印〕泰戈尔 著 吴岩 译
乱世佳人	〔美〕玛格丽特·米切尔 著 陈良廷等 译
鲁滨孙历险记	〔英〕笛福 著 黄杲炘 译
安娜·卡列尼娜	〔俄〕列夫·托尔斯泰 著 高惠群等 译
十日谈	〔意〕薄伽丘 著 方平 王科一 译
福尔摩斯探案精选	〔英〕柯南·道尔 著 梅绍武 屠珍 译
老人与海	〔美〕海明威 著 吴劳等 译
漂亮朋友	〔法〕莫泊桑 著 王振孙 译
巴黎圣母院	〔法〕雨果 著 管震湖 译
双城记	〔英〕狄更斯 著 张玲 张扬 译
最后一片叶子	〔美〕欧·亨利 著 黄源深 译
瓦尔登湖	〔美〕梭罗 著 徐迟 译
一九八四	〔英〕奥威尔 著 董乐山 译
复活	〔俄〕列夫·托尔斯泰 著 安东 南风 译
三个火枪手	〔法〕大仲马 著 郝运 王振孙 译
苔丝	〔英〕哈代 著 郑大民 译
变色龙	〔俄〕契诃夫 著 汝龙 译
钢铁是怎样炼成的	〔俄〕奥斯特洛夫斯基 著 王志冲 译
浮士德	〔德〕歌德 著 钱春绮 译
太阳照常升起	〔美〕海明威 著 赵静男 译
莎士比亚喜剧五种	〔英〕莎士比亚 著 方平 译
理智与情感	〔英〕简·奥斯丁 著 武崇汉 译
罪与罚	〔俄〕陀思妥耶夫斯基 著 岳麟 译
羊脂球	〔法〕莫泊桑 著 郝运 王振孙 译
鼠疫	〔法〕加缪 著 刘方 译
青年艺术家画像	〔爱尔兰〕乔伊斯 著 朱世达 译

我是猫	〔日〕夏目漱石 著 刘振瀛 译
神曲	〔意〕但丁 著 朱维基 译
红字	〔美〕霍桑 著 苏福忠 译
到灯塔去	〔英〕伍尔夫 著 瞿世镜 译
格列佛游记	〔英〕斯威夫特 著 孙予 译
大卫·考坡菲	〔英〕狄更斯 著 张谷若 译
道连·葛雷的画像	〔英〕王尔德 著 荣如德 译
童年／在人间／我的大学	〔俄〕高尔基 著 高惠群等 译
城堡	〔奥地利〕卡夫卡 著 赵蓉恒 译
汤姆·索亚历险记	〔美〕马克·吐温 著 张建平 译
九三年	〔法〕雨果 著 叶尊 译
铁皮鼓	〔德〕格拉斯 著 胡其鼎 译
卡拉马佐夫兄弟	〔俄〕陀思妥耶夫斯基 著 荣如德 译
远大前程	〔英〕狄更斯 著 王科一 译
马丁·伊登	〔美〕杰克·伦敦 著 吴劳 译
名利场	〔英〕萨克雷 著 荣如德 译
嘉莉妹妹	〔美〕德莱塞 著 裘柱常 译
细雪	〔日〕谷崎润一郎 著 储元熹 译
哈克贝里·芬历险记	〔英〕马克·吐温 著 张万里 译
儿子与情人	〔英〕劳伦斯 著 张禹九 译
野性的呼唤	〔英〕杰克·伦敦 著 刘荣跃 译
牛虻	〔英〕伏尼契 著 蔡慧 译
包法利夫人	〔法〕福楼拜 著 周克希 译
达洛卫夫人	〔英〕伍尔夫 著 孙梁 苏美 译
永别了，武器	〔美〕海明威 著 林疑今 译
喧哗与骚动	〔美〕福克纳 著 李文俊 译
猎人笔记	〔俄〕屠格涅夫 著 冯春 译
圣经故事	〔美〕阿瑟·马克斯威尔 著 杨佑方等 译
希腊神话	〔俄〕库恩 编著 朱志顺 译
格林童话	〔德〕格林兄弟 著 施种等 译
月亮和六便士	〔英〕毛姆 著 傅惟慈 译
失乐园	〔英〕弥尔顿 著 刘捷 译
海底两万里	〔法〕儒勒·凡尔纳 著 杨松河 译
丧钟为谁而鸣	〔美〕海明威 著 程中瑞 译
安徒生童话	〔丹麦〕安徒生 著 任溶溶 译
了不起的盖茨比	〔美〕菲茨杰拉德 著 巫宁坤等 译
虹	〔英〕劳伦斯 著 黄雨石 译
摩格街谋杀案	〔美〕爱伦·坡 著 张冲 张琼 译
坎特伯雷故事集	〔英〕乔叟 著 黄杲炘 译
战争与和平	〔俄〕列夫·托尔斯泰 著 娄自良 译
环游地球八十天	〔法〕儒勒·凡尔纳 著 任倬群 译
人生的枷锁	〔英〕毛姆 著 张柏然 张增健 倪俊 译

剧院魅影	〔法〕加斯东·勒鲁 著 符锦勇 译
百万英镑——马克·吐温中短篇小说选	〔美〕马克·吐温 著 方平 等译
培根随笔全集	〔英〕弗兰西斯·培根 著 蒲隆 译
金银岛 化身博士	〔英〕斯蒂文森 著 荣如德 译
无名的裘德	〔英〕哈代 著 刘荣跃 译
一千零一夜	方平 等译
刀锋	〔英〕毛姆 著 周煦良 译
小妇人	〔美〕露易莎·梅·奥尔科特 著 洪怡 叶宇 译
玻璃球游戏	〔德〕黑塞 著 张佩芬 译
凯旋门	〔德〕雷马克 著 朱雯 译
变形记——卡夫卡中短篇小说集	〔奥地利〕卡夫卡 著 张荣昌 译
伊索寓言	〔希腊〕伊索 等著 吴健平 于国畔 译
前夜 父与子	〔俄〕屠格涅夫 著 丽尼 巴金 译
大师和玛格丽特	〔俄〕布尔加科夫 著 高惠群 译
死农奴	〔俄〕果戈理 著 娄自良 译
被伤害与侮辱的人们	〔俄〕陀思妥耶夫斯基 著 娄自良 译
黑桃皇后	〔俄〕普希金 著 冯春 译
伊利亚随笔精选	〔英〕查尔斯·兰姆 著 刘炳善 译
危险的关系	〔法〕拉克洛 著 叶尊 译
夜色温柔	〔美〕菲茨杰拉德 著 汤新楣 译
弗兰肯斯坦	〔英〕玛丽·雪莱 著 刘新民 译
卡门	〔法〕梅里美 著 王钢 等译
忏悔录	〔法〕卢梭 著 陈筱卿 译
伪币制造者	〔法〕纪德 著 盛澄华 译
斯巴达克思	〔意〕乔万尼奥里 著 李俍民 译
追忆逝水年华(精华本)	〔法〕普鲁斯特 著 沈志明 译
去吧，摩西	〔美〕威廉·福克纳 著 李文俊 译
蒙田随笔集	〔法〕蒙田 著 马振骋 译
美国悲剧	〔美〕德莱塞 著 潘庆舲 译
汤姆叔叔的小屋	〔美〕斯陀夫人 著 杨怡 译
三毛钱小说	〔德〕贝·布莱希特 著 高年生 黄明嘉 译
动物农场	〔英〕乔治·奥威尔 著 荣如德 译
黑郁金香	〔法〕大仲马 著 郝运 译
白痴	〔俄〕陀思妥耶夫斯基 著 荣如德 译
快乐王子	〔英〕王尔德 著 巴金 译
笑面人	〔法〕雨果 著 鲁膺 译
娜娜	〔法〕左拉 著 徐和瑾 译
贝姨	〔法〕巴尔扎克 著 许钧 译
蝇王	〔英〕威廉·戈尔丁 著 龚志成 译
看得见风景的房间	〔英〕E·M·福斯特 著 巫漪云 译

最后一课——都德小说选　〔法〕都德 著　郝运 译
浮士德博士　〔德〕托马斯·曼 著　罗炜 译
草叶集　〔美〕沃尔特·惠特曼 著　邹仲之 译
流动的盛宴　〔美〕海明威 著　汤永宽 译
平家物语　〔日〕佚名 著　王新禧 译
柏拉图对话集　〔古希腊〕柏拉图 著　戴子钦 译
荷马史诗：伊利亚特·奥德赛　〔古希腊〕荷马 著　陈中梅 译
罗密欧与朱丽叶　〔英〕莎士比亚 著　方平 译
都柏林人　〔爱尔兰〕乔伊斯 著　王逢振 译
美丽新世界　〔英〕奥尔德斯·赫胥黎 著　陈超 译